溺愛サディスティック

釘宮つかさ

illustration:
中田アキラ

JN267478

prism bunko

CONTENTS

溺愛サディスティック

＊

金曜の定時をわずかに過ぎた社内には、一週間分の疲労と、会社から解放される週末への期待感とが入り混じった空気が流れている。

いまここにいる人間の表情は、二種類に完全に分類できる。

残業を余儀なくされた者の諦め切った顔。そして、これから週明けまで、束の間の自由を謳歌できる者の清々しい顔だ。

「――ねえ、川崎《かわさき》くんもたまには一緒に行きましょうよ」

飲みに街へと繰り出すべく女子社員たちに声をかけて回っていた課長補佐の椿谷《つばきや》が、突然こちらへと話を振ってきた。

なんとか帰宅組に入れて、うきうきしながらも逸る気持ちを抑えて帰り支度をしていた川崎歩《あゆむ》は、内心でぎくっとして顔を上げた。

「あーすみません。せっかくなんですが、今日はちょっと先約がありまして」

すぐに笑顔を作って応じると、あらー、残念、とその場に集まっていた数人の女子社員たちから口々にため息が漏れる。しかし、椿谷だけは興味深げな顔で突っ込んできた。

「川崎くんはいまも彼女ナシなんでしょ？　社外に友達ほとんどいないって言ってたし、週末はいつもなら残業してるのに、定時で帰るうえに用があるなんてなんだかすごーく珍しいじゃない。先約って誰と？」

痛いところをぐさぐさと突かれる。他の女子は「椿谷さん、そこまで聞いちゃ……」と遠慮がちに窘《たしな》めてくれるが、たしかに歩には金曜に待ち合わせをする彼女もいなければ、同僚以外で飲みに誘ってくれるような友人もほとんどいない。相手が誰か白状しないと、椿谷はおそらく引かないだろう。歩はとっさの言い訳を口にした。

「その……実は今日は、妹に食事をおごることになってるんです。いつも家事とか任せっきりなので、せめてもの埋め合わせに、たまにはと思って」

地方から上京して私立大学の生活デザイン専攻を出た歩は、地元の短大を卒業後、都内に就職を決めた年子の妹の侑奈《ゆうな》とずっと同居している。理由は都内の割高な家賃を折半して通勤に便利なところに住むためだが、もともと、男女のわりに仲のいい兄弟だったので、これまでのところ喧嘩もせずにうまくやっている。

侑奈は一度だけ、歩の会社主催のパーティに顔を出したことがある。そのため、妹がなかなかの美人なうえに勝ち気な性格であり、歩はいっさい頭が上がらないというのは部内でも周知の事実になっていた。

しかし、妹を理由に断られたことに納得がいかなかったのか、椿谷は不満そうに流行りの色に塗った唇を尖らせた。

「だったら、妹さんもこっちに呼んだら？　私たちは大歓迎よ」

「いや、ほんとにすみません、今日はもう店の予約してくれてるみたいなんです」

申し訳なさを全開にして歩はぺこりと頭を下げる。

歩が総合アパレルメーカーであるこの株式会社アルタイルに新卒で入社してから、六年が経つ。

歩たちが大人になる前に畳んでしまったが、地元の街で祖母は呉服屋を営んでいた。振袖や絹の帯など、目にも鮮やかな美しい織物を目にする機会に恵まれて育った歩は、上京して入学した大学でテキスタイルデザインを専攻した。和洋問わず、綺麗な布を作る仕事に携わりたいと思ったからだ。

しかし、就職活動を始めてから気づいた。なんということか――長引く不況により、その年は国内の布関連企業が新卒の募集をほとんど行っていなかったのだ。

卒業後はデザイナーとしてテキスタイルメーカーへの就職を希望していた歩にとって、それはまさかの出来事だった。落ちる以前の問題でかなりショックを受けたけれど、両親は当然、息子は正社員で就職するものだと信じていた。平凡なサラリーマン家庭には厳しかっただろうに、貯金を切り崩して兄妹ふたりの学費を出してくれた彼らに、不安定なアルバイトでもいいからデザイナーになりたいなどという我儘はどうしても言い出せなかった。

結果、第二希望としてアパレル業界を選んで活動し、最初に内定をもらえたのがこの会社で、営業部企画課に配属された。

アルタイルはファッションクルーズという老舗の総合通販サイトを運営していて、競合他社の中ではここ数年トップの売り上げを誇っている。

百以上のブランドを取り扱う中で、歩は現在二十代から三十代前半の女子をターゲットにした五つのブランドを任されている。いまは、少しでも売り上げを伸ばすべく、ブランド側の担当者と季節ごとのキャンペーンや特典、割引などについて企画出しと打ち合わせを重ねる日々だ。もともとテキスタイルデザイナーを目指していただけあって、カラフルで繊細な素材が使われた女性用の服は見ているだけでも楽しい。いまではこの仕事も自分に合っていると思う。

そんな中、売り上げトップの人気ブランドを担当している椿谷は、課内の男子の中ではなぜか歩を気に入っているようで、ランチや飲み会にこうしてよく声をかけてくれる。

男子からは羨ましがられるが、他の女子社員から聞かされたところによると、『部内に四人しかいない男子の中では、女子の話題にまともについてこられて、服装にも気を使ってるし、わりと可愛い感じの顔をしてる』というのが椿谷のお気に入りの理由のようだ。

艶やかな黒髪に黒目がちの瞳、左右対称の小作りな歩の容貌は、化粧上手な侑奈を見慣れている自分の目には地味顔に思えるが、なぜだかやけに年上女性からの受けがいい。

(でも、正直言って、ありがた迷惑なんだよなぁ……)

なぜなら、歩がモテるのは、あくまで社内での付き合いに限っての話だ。

一七〇センチに満たない身長は、どうも女子にとって『彼氏にするには問題外』らしい。モテたいわけではまったくないとはいえ、それは正直嬉しい評価ではない。

もちろん、仕事を円滑に進めるためにも社内の付き合いは大切なものだということは重々よくわかっている。ただ、歩は営業職としては致命的なことに、酒に弱い。そのため、飲み会にはほとんど参加しない代わりに、ランチのときだけは誘われればできる限り断らないようにしている。

なにせ、こうして頻繁に誘われるのは、『ほかの男子よりマシ』という理由で、しかも単なる人数合わせのためなのだ。さすがに自分の用事を潰してまで彼女たちに付き合う必要はないだろう。

それでも酒豪の椿谷はランチだけでは納得がいかないようで、『川崎君は付き合いが悪いよね』といつも文句を言われている。けれど、正直なところ昼休憩ならばともかく、就業時間外まで女子たちの愚痴の相手をするのは勘弁してほしいというのが歩の本音だった。

仕事は人並み以上にこなしているつもりだ。それなのに今回みたいに、まるで呼ばれたら行くのが当たり前のペットのような扱いを受けるのは少々理不尽な気分だった。

歩が妹との先約を理由にして断ると、椿谷はやれやれといった顔で肩を竦めた。

「兄妹仲がいいのはアリだけど、川崎君、ちょっとシスコン気味なんじゃない？」

ため息をつきながら言う椿谷は、役職付きなうえに歩より八歳年上の先輩社員だ。仕事ができて、誰もが認める美人でもあるのだが、少し――いや、かなり性格がきつい。いまここにいる社員たちは、ほとんどが新人時代に彼女から厳しい研修を受けているため、椿谷には頭が上がらない。歩もまたそのうちのひとりだ。

とはいえ、今日だけは椿谷の辛辣な台詞もむしろ好都合だった。

にっこりと笑顔を作りながら歩は口を開く。

「やだなー椿谷さん、この年でシスコンなんてことないですよ。ただ、妹も同じくらい忙しいのに、普段は家事の面でかなり世話になってるんで、たまには埋め合わせしとかないと、兄として面目が立たないなと思いまして」

椿谷の顔を潰さない程度に、だがきっぱりとシスコン説には反論しておく。

女性が多い会社は恐ろしいもので、うっかりしていると『営業部の川崎君は超のつくシスコン』などという誤った噂がすぐに広まりかねないのだ。

実際は、侑奈とは洗濯も食事もほとんどべつべつだ。家事もそれぞれが必要なことしかしないから取り立てて世話になっているというわけではないのだが、いまは飲み会から逃れてスムーズに帰るために、それは伏せておく。

「川崎君はいいお兄さんねー」「うちの兄に聞かせたいわぁ」とぼやきながら、女子社員たちは歩の台詞に納得して口々に褒め始める。皆がそう言い始めると、さすがの椿谷も、それ以上は妹より飲み会を優先しろと命じることはできなくなったようだ。

「……まあ、週末ぐらい妹さん孝行するのも必要よね。ただ、来週は新社長との懇親会が入る予定だから、昼か夜かわからないけどそれだけは出てよね」

「あ、はい、もちろんです！」

三か月ほど前のことだ。創業者である前社長とフランス人の前妻との間にできた息子が来日して、先月、新たな代表取締役社長に就任することが正式に決まった。

つまり彼は、資産価値五千億円以上とされるアルタイルの、事実上の後継者だ。

それだけでも注目の的だというのに、イントラの社内報にアップされた挨拶動画の彼は、パリコレにでもいそうな高身長の飛び抜けたイケメンだった。もちろん、それを見た社内女子は興奮して狂喜乱舞の大騒ぎだ。

報われないとわかりきっているので、社内の男にはぜったいに恋をしないと決めている自分でさえ、あまりの美貌に思わず動画を二度見し、つい見惚れてしまったほどだ。

新社長を目にすると、大学時代に授業で学んだ、黄金比に従って造られた絵画や彫刻などの美術品が思い浮かぶ。しかも、彼が持っているのは優れた容貌だけではない。莫大な資産や社会的地位、若くしてそのすべてを手にしている男に、女子社員たちが騒ぐのも至極当然のことだった。

その新社長たっての希望で、今日は各部署から数人ずつ招集され、業務進捗ミーティングが開かれた。不在だった椿谷の代理として部長と一緒に出席した歩の目から見ても、新社長は、そこにいて息をしているのが不思議に思えるくらいのいい男だった。

彼が出る今回の懇親会だけは、たとえ夜であってもぜったいに参加せねばならない。

慌てて歩が頷くと、椿谷はやっと納得したらしく口の端を上げた。

「じゃあ、今日は妹さんと楽しんでらっしゃいよ」と言うと、歩から興味をなくしたかのように彼女はこちらに背を向け、女子社員たちとふたたび店選びをし始めた。

誘いから逃れられたことに安堵して、慌てて自席のパソコンの電源を落とし、ざっと自席の上を片づける。

女子社員――とくに椿谷の不興を買うのは、女性が八割であるこの営業部企画課の中で生きていくうえで賢いやり方ではない。ダシにした妹には申し訳なかったが、できる限り丁重に角が立たないよう断れてホッとした。

腕時計に目をやると、予定時間をもう十分以上過ぎていた。

（やばい、急がなきゃ……）

今日は外せない予定がある。そのために必死で巻きで仕事をしてやっと残業を免れたのだ。もし間に合わなかったなどと言ったら、侑奈にどれほど呆れられることか。

椅子にかけてあったスーツのジャケットを着込むと、周囲の同僚に挨拶をして、歩は足早に会社をあとにした。

＊

会社の最寄駅から混雑した電車に乗り込み、七つ先の駅で降りる。

多くの路線が乗り入れるこのあたりでもっとも繁華な駅は、帰宅ラッシュに差しかかる時間帯のうえに週末のためか、いつも以上の人波でごった返していた。

朝に立ち寄った構内のコインロッカーから大きめのショルダーバッグを取り出し、ぶつからないように気を使って歩きながら、歩は駅前の真新しい商業ビルに向かう。

目的地は、紳士服売り場になっている四階の奥、トイレの手前にあるフィッティングルームだ。

全部で七か所ある個室は、買った服にこの場で着替えられるよう、普通の個室の三、四倍くらいのゆったりとした広さがとられている。

落ち着いたベージュの花柄の壁紙が張られた個室内は清潔感があり、お洒落な雰囲気だ。正面の壁には全身をチェックできる鏡と、荷物置きにもできるひとりがけのソファ、それからメイクをするときのための小振りな鏡と棚に、手洗いのコーナーまでもが備えつけられていて、正に至れり尽くせりという感じだ。

何か所かチェックしてみたところ、ここが一番目的地に近くて使い勝手が良かった。まだオープンしたばかりのビルだというのに、口コミで情報が伝わるのか、広々とした便利なフィッティングルームは、ときによっては満室のことすらあった。

少し急ぎ足でフロアの奥に着くと、目当ての個室には空きがあり、ホッとしてすぐ中に入る。

男性専用の個室にも空きはあったのだが、訳アリな歩が選んだのは一室だけ用意されている男女兼用の個室だった。男性専用も使えないことはないのだが、出るときに人に会うと少々気まずいものがある。

荷物を置くと、コインロッカーに預けていたバッグの中から、この日のために用意した服と膨らんだポーチを取り出す。

着ていたスーツを脱いで持参した服に着替える。すべてを脱いだうえに下着まで替えなくてはならない。普段は身に着けないものもあるので、少しだけ手間取った。はめていた腕時計を外しながらちらりと見ると、予定の時間まであと四十五分ほどだ。

移動の時間を考えると、残り三十分。すべての準備を済ませるのにはギリギリだろう。

ヘアピンで長めの前髪をきっちりと留めてから、棚の上にポーチの中身を広げる。

――これからがショータイムだ。

いつになく真剣な顔で、歩は鏡の中の自分と向き合った。

＊

なんとか支度を終えると急いで商業ビルをあとにする。脱いだスーツを入れたバッグをふたたびコインロッカーに預けてから、歩は駅の反対側に立つ五つ星ホテルへと向かった。着いたのは開始予定時刻ぎりぎりだった。

都心の便利な一等地に立ち、一泊最低五万円は下らないというグランドリージェンシーホテルは、エントランスから重厚な雰囲気を醸し出している。

地下一階に降りると、ホールの入り口横に『グラン・エクセレンス・パーティ　受付はこちら』と書かれた、結婚式のウェルカムボードのように飾られた案内が立てられている。一見ではお見合いパーティとはわからないほど洒落た雰囲気の受付には、数人の男女が並んでいるのが目に入る。どうやら入場前にそこで受付を済ませるようだ。

身分証明書として渡された侑奈の免許証を見せるときには、少しだけ手が震えた。

万が一、本人ではないとバレたら大変なことになる。

だが、綺麗に髪を結い上げた受付嬢は、妹の免許証写真と目の前の歩を見比べても少しも疑問を持つ様子はなかった。スムーズに予約を確認され、春物のコートを預ける。笑顔で「こちらを胸元におつけください」と用意されていた名札を渡されて、心底ホッとした。

おずおずと足を踏み入れると、広々とした会場内にはすでに人が溢れていた。

（ちょっと、緊張するな……）

おそらく、普段は披露宴などに使われているホールなのだろう。落ち着いた上品な空気の通路から一転して、控えめなＢＧＭとざわめきが混じり合ったホール内にはゴージャスな内装が施され、天井では大振りなシャンデリアが煌めきを放っている。その下に集まった人々は、男はほぼ全員がネクタイ着用のスーツ、女性も銘々がドレスアップしていて華やかな雰囲気だ。

入るなり、周囲にいた男たちの視線がさっとこちらに注がれる。続いて女性たちの検分するような鋭い視線が突き刺さった。頭のてっぺんから足元までをじろりと眺められ、慣れない視線に面食らう。男の恰好でいたときには経験したことのない、敵意のある目の色だ。

どこかおかしく見えたのだろうかと、唐突に不安が湧き上がってきた。

フィッティングルームの鏡で、ちゃんと細部まで確認してきたつもりだった。しかし、こうも明るいライトの下で着飾った女性たちに紛れると、もしかしたら、どこかに明確な違和感があるのかもしれない。とっさに逃げ出したいような気持ちになるが、視線を向けるとドアはもう閉まっている。

イベント開始の時間がきたのだ。

動揺していると、タキシード姿のウェイターから飲み物を勧められた。自分を間近に見た彼の表情が少しも怪訝そうなものではないのに少し安堵して、気持ちを落ち着かせようと歩はグラスを受け取る。

（大丈夫なはずだ……嫌っていうほど練習してきたし、確認だってちゃんとしたし……）

もしなにか指摘されたら、すぐにこの場から逃げればいい。歩自身の身分証は持っていないし、多少疑いを持たれたとしても、身体検査でもされない限り問題はないはずだ。そう覚悟を決めると、腹も据わってきた。

グラスを持つ、いつもは無色の指先には、ヌーディーなカラーのマニキュアが艶めいている。侑奈愛用の速乾性の商品を使ったものの、まだ少し乾き切っていないような気がして、なるべく爪に触らないように注意してグラスを支えた。

ゆっくりとあたりに視線を巡らせる。ふとホールの壁の一角で視線が止まった。広さを演出するためか、そこには天井までの高さの鏡がはめ込まれている。そこに映った自分の姿に、思わず歩は目を奪われた。

鎖骨にかかるセミロングの髪は落ち着いたブラウンで、緩くウェーブがかかっている。耳と首元には一粒ダイヤのアクセサリーがそれぞれ控えめに輝き、ごく淡いピンクベージュのワンピースの裾からすらりと伸びた、華奢なヒールのパンプスを履いた足が印象的だ。ナチュラル系でまとめたメイクには、チークとグロスに流行りだというパールオレンジを使っている。

ホテルのライトに映えるよう、大手化粧品メーカーの販売員である侑奈のプロとしてのテクニックを教え込まれ、歩ひとりで同じレベルのメイクができるまでさんざん練習し、お墨つきをもらってきた。

その結果、鏡の中には、ドレスアップした参加者たちの中でもひときわ目を惹く女が映っている。

決して装いは派手ではない。それなのに、男の自分の目から見ても一瞬ハッとするような――雑誌のモデルか駆け出しの女優だと言われてもじゅうぶんに納得するくらいに、上品で綺麗な女だ。

ホールにいる自分が他の参加者の女性たちに少しも見劣りしないことにやっと安堵して、歩は艶やかな色に塗った口元にかすかな笑みを浮かべた。

なぜ、歩がお見合いパーティに、しかも女装をして参加することになったのか――。

それは、目下全力で婚活中の妹、侑奈の悪戯めいた提案が発端だった。

『――ねえこれ、行けなくなっちゃったんだけど、お兄ちゃん代わりに行かない？』

一週間ほど前の夜、帰宅した歩に侑奈は愛用のタブレットを見せてきた。表示されていたのは、週末に開催される予定のお見合いパーティのページだった。

男性は一定以上の高収入を得ている者のみが参加でき、それに釣られてハイレベルな美貌の女性が集まるということで、かなり人気のパーティらしい。

妹によると、すでに参加申し込みは済ませていたものの、別の婚活パーティで出会ったベンチャー企業の社長から同じ日にデートのお誘いが入ってしまったらしい。これから出会えるかもしれないセレブと、すでに出会って自分に好意を見せているセレブを天秤にかけて悩んだ挙句、今回は次に繋がる可能性の高い後者を優先すると決めたようだ。

『な、なんで俺が!?　行けないならキャンセルすればいいだけの話だろ？』

自分ではぜったい参加しようとは思わないようなパーティへの参加を勧められ、歩は驚いた。そんな場所に行ったら、いつも多少顔を褒められる程度で、スペックとしては平の会社員でしかない自分は、見た目も財力も見劣りすることこの上ない。

だが侑奈は『だってもう会費払い込んじゃったし、キャンセルは不可なんだもん。これ、会費一万円もしたんだよ!?　もったいないでしょう？』と平然と言い切って譲らなかった。

『去年参加したっていう女のコのブログ読んだら、参加してた男のレベルもけっこう高かったみたいで、カップル成立率も四割以上だったたって。立食だけどゴハンとお酒も出るみたいだし。ね、お兄ちゃんにタダで譲るから、たまには素敵なところで、社外のカッコいいひとでも眺めて……少しは楽しんできなよ』

嫌味などではなく、どこか慰めるようにそう言われて、歩はぐっと詰まった。

愛らしい顔立ちで明るい性格の侑奈は、これまで彼氏が絶えたことがない。男からはデートのたびに高価なプレゼントを贈られ、食事をご馳走されてと、女に生まれた人生を思い切り謳歌している。

かたや兄の自分はといえば、大学時代に何人かの女友達と清らかなお付き合いをしたのみで、その後はまともな交際相手を作れたためしがない。

はっきりとカミングアウトしたことはないし、臆病すぎるために、二丁目に足を踏み入れたりなど、実際に行動に移したことは一度もない。

けれど、勘のいい妹はどうやら感づいていたらしい――兄の本当の恋愛対象が、実は同性であるという事実に。

しかし、いくら見目の良い男たちが集まるとしても、ストレートしか来ない場に行ったところで虚しいだけだ。女性のほうはどれだけ美人でも、正直まったく食指が動かないから、さらに問題外になる。

『……お前の気持ちはありがたいけどさ、年収が足りないから、そもそも俺じゃ入れてもらえないと思うよ』

理由はどうあれ、会費一万円のパーティ券を譲ってくれようという妹の好意はありがたいものだ。やんわりと断ろうとすると、満面の笑みで侑奈は言った。

『大丈夫、私の名前で参加するんだから、年収は関係ないよ！　そうだ、この間買ったワンピ、私よりお兄ちゃんの肌に似合う色だからさ、あれ着て行ったら』

そう言われて、やっと歩は気づいた。

──【私の名前】で参加。

つまり侑奈は、歩に〝女の恰好で侑奈の振りをして参加しろ〟と言っているのだ。

この妹は、あっけらかんとしていったいなにを言い出すのか。

いやいやいや無理！！！と、愕然として拒否しようとすると、真顔で侑奈は言った。

『なんでそんなに驚いてるの？　いつもメイクの練習に付き合ってもらってるし、お兄ちゃんだってすごく楽しんでるでしょ？』

たしかに、妹が就職してからこの方、歩はメイクの練習台として数えきれないほど付き合わされてきた。そのたび、『悔しい、私より美人にできた』と侑奈はぼやいている。もともと化粧映えする素材だったというのもあるだろう。それに加えて、会社のメイク研修を受けた侑奈の腕は大したもので、ごく普通のサラリーマンである自分が、彼女の手にかかると今風の綺麗な女子に早変わりするのだ。

普段から潤みがちな瞳は、控えめに入れたアイラインと絶妙なグラデーションを描くアイシャドウで、別人のような煌めきを帯びる。

じょじょに練習はエスカレートし、ロングヘアのウィッグを被らされたり、服まで女物に着替えさせられたりもした。

一六七センチの身長は男にしては小柄でパッとしないが、女性なら背の高い部類だ。しかも、少しヒールを履いただけでぐっとスタイルが良く見える。

そうして、初めて全身女装した自分を見たときは、正直言って度肝を抜かれて目を疑った。

男のときはどこか野暮ったくてパッとしない自分が、鏡の中では、思わず目を奪うほど魅力的な女性に生まれ変わっていたのだから。

それからも侑奈に練習台を頼まれると、いつになく気持ちが高揚した。魔法にかけられたみたいで、鏡を見るのが楽しかった。実家の母親の桐箪笥の中には、祖母が仕立てた着物がたくさんしまわれていた。子供の頃、そこから綺麗な振袖をこっそり出して、妹とお嫁さんごっこをしていたときのわくわく感が蘇った。なんとなくくせになるのが怖くて、決して自分からしたいとは言い出さないけれど、実は頼まれるのが待ち遠しいと感じるほど、変身するのは歩にとって楽しい時間だった。

——しかしそれは、あくまでも女装が部屋の中でのお遊びに留まっていたからだ。

『でもな、侑奈……家の中ならともかく、男が女装して外に出たりしたら……変態だろ？』

おずおずと断った歩を、侑奈は許さなかった。

『大丈夫だって！　お兄ちゃんはすごく化粧映えする顔立ちだし、骨格が細身で脚だってつるつるだから、ちゃんとメイクして女のコの恰好すれば、ぜ――ったいに見破られることなんてないって』

どれだけ断言されても、男だろうと言われて恥をかくのは歩だ。頑なに頷かずにいると、侑奈はいいことを思いついたというようににっこりと笑ってこう言い出した。

『じゃあ、賭けをしようよ』

『か、賭けって……？』

『私が渾身のフルメイクで完璧にお兄ちゃんを変身させたげるから、一度、試しにふたりで女のコの服着て出かけてみよう。万が一男だってバレたら、お詫びにご飯おごる。その代わり、誰にも女装を見破られなかったら、お兄ちゃんは私の名前でお見合いパーティに行くのよ？』

侑奈は昔から、一度言い出したらぜったいに譲らない。頑固で困ることも多いが、妹はやはり可愛くて、そのわがままに歩はどうしても負けてしまう。ほとんど無理やり約束させられ、仕方なく歩はフルメイクをして女物の服を身に着けさせられることになってしまった。

行き先は、普段使わない隣駅のバーだ。上機嫌の侑奈にタクシーで連れて行かれながら、ぜったいに見抜かれるはずだと思い込んで、歩は絶望的な気分になった。だが、五つ星ホテルでひとりで恥をかくよりは、妹と一緒のときのほうが、せめておふざけだと言い訳ができるぶんまだましだと自分を慰めた。

——しかし。半ば諦め気味に侑奈に従った歩の予想は、あっさりと裏切られることになった。

若者で溢れたカジュアルな雰囲気の店内で、カウンターで女ふたりが並んで飲んでいると、一時間のうちに、なんと三組もの男たちが声をかけてきたのだ。

もともと顔立ちも体格も比較的似た雰囲気のある兄妹だが、メイクを施して並ぶと、思った以上にそっくりになった。男にしては歩は声もそれほど低くなく、喉仏もあまり目立たない。バーのライトは少し暗めだったとはいえ、ナンパしてくる男たちは誰ひとりとして歩が同性であることに気づかなかった。それどころか、『美人姉妹だね。もしかして双子？』と尋ねられたりもしたし、『……オレ、お姉さんのほうが好みだな』と言って、歩の手をこっそり握ってくる輩までいて仰天した。

自分自身の欲目や妹の戯言ではなく、どうやら歩の女装は男の目にも本物の女性として通用するらしい。

ほらごらんと言いたげな得意顔の侑奈の視線に、もはや歩は陥落するしかなかった。

「――ご趣味は料理と映画鑑賞ですか。よかったら得意なメニューをお伺いしてもいいですか？」

互いに自己紹介をしたあと、都内で開業しているという三十八歳外科医の男から質問されて、歩はにっこりと微笑んだ。

「肉料理が得意で、最近はデミグラスソースのハンバーグとか、中華風のからあげなんかをよく作ります。ちょっとコツがあって、ハンバーグはソースまで手作りしているんです」

家庭的なんですね、と言う男の目が、やけに熱の籠もったものになる。

侑奈はたしかに料理上手だけれど、普段は凝ったものは作らない。歩が作れるものはといえば、パスタや焼きそばなどの簡単な麺類だけだ。

だが、もし得意料理を聞かれたら、ぜったいに肉料理と答えろ、好きな映画は誰もが知っているアクション超大作のタイトルを言うようにと侑奈から厳命されている。

わけがわからなかったが、そのほうが男受けがいいということらしい。言われてみればパスタよりからあげを作ってくれる女のコのほうが好感度が高いし、男としては恋愛ものよりはアクションが好きと言われるほうが、デートのきっかけとして誘いやすい。さすが数々の恋愛を潜り抜けてきた妹は男性心理がよくわかるなと感心したので、反論の言葉もなく大人しく従った。

妹の入念な指導のもとに、歩はこのパーティに『カワサキユウナ　二十七歳・販売員』

として参加している。

侑奈の説明を聞いたところによると、彼女が登録している婚活サイトでは、年二回だけ、今回のような特別で大規模な会が開催されるのだという。

参加する男性の職業は医師、弁護士、会社経営者や定期的な不動産収入がある者なので、年収が一千万以上の者のみと決められている。過去には、年収一億超えという桁違いな資産家の男性が参加したこともあったらしい。

女性は職業不問だが、年齢のほうに縛りがあり、運営会社独自の厳しい写真選考を通った二十八歳までと決められている。なるほど、男たちは揃って高そうなスーツ、女は容姿やスタイルの優れた者がやけに多いはずだとわかった。

——つまり今夜の催しは、露骨なまでにはっきりセレブ男性を求める女たちと、若く容姿の優れた女を求める男たちが集まる場なのだ。

最初に司会者が説明したところによると、パーティは約二時間、フリータイムオンリーの立食形式。三十分ごとに休憩を挟んで集計を取り、何番の誰が自分に目をつけているのかが各個人のスマホにメールで届くというシステムになっている。

一回目の集計が終わり、スマホを確認すると、歩に好意を抱いているとアピールしてきた男は八人。話をしてみたいと思っている男は十九人いるようだった。

男女五十人ずつが定員のパーティで会場も広い。その中で、半分以上の男に興味を持たれているとすれば、歩の女装は十二分に成功したと言えるだろう。

しかし、思った以上の豊作とモテ状態に反して、歩自身は特別気になる相手を見つけられず、誰にも投票していない。それどころか、もはや帰りたいような気持ちにすらなっていた。

「――失礼。ちょっと僕もお話しさせてもらっていいですか？」

グラスを傾けながら外科医と談笑していると、新たな男が『ユウナ』に声をかけてきた。胸元の名札には名前のあとに『二十九歳・不動産業』と書かれている。スポーツが趣味なのか日焼けしていて、それなりにハンサムな顔立ちだ。

「ええ、もちろん」

ちらりと職業を確認してから、歩は笑みを見せる。

不動産業に押し出されたかたちになった外科医は、名残惜しそうにこちらに顔を寄せて囁いた。

「じゃあユウナさん、またあとでゆっくり」

外科医が去るのを待たず、不動産業の男は満面の笑みを浮かべて歩に向き合った。

「すみません、お話し中のところ割り込んじゃって。ずっとあなたと話したくて、実は待ちきれなかったんです」

「まあそうだったんですか、お待たせしてしまって、こちらこそすみません」

申し訳なさそうな顔を作りながら、歩は内心でそっとため息を吐く。

パーティが始まってから誰かと話しているところへ強引に声をかけてきたのは、この不動産業の男でなんと十一人目だ。

（ちょっとぐらい休ませろって……！）

まだパーティが始まってから一時間も経っていない。それなのに、いつの間にか初めのわくわくとした高揚感は萎んでいき、だんだんと疲労ばかりが増してきた。

他の男女はそれなりに動き回って自ら好みの相手を物色して会話を楽しんでいるようなのに、歩だけは次々男たちが話しかけてくるので、最初に立った場所からちっとも動けない。しかも、一度会話を始めると男のほうは動こうとせず、ずっと歩を独占しようとする。そうなると、次に話そうと狙うのか、こちらを見ながら何人もの男が近くに佇み始め、さらにはその男狙いの女性たちがそのそばに集まってきて、あたり一帯はやけに息苦しい雰囲気を醸し出している。

会場内を見回すと、何人かの異性に囲まれて談笑している状態の者は他にもいるが、これほど圧迫感を覚える人数ではないようだ。

不動産業の男の話を笑みを浮かべて聞きながら、しだいに歩は空虚な気持ちを感じ始めていた。

初めは、ハイクラスな職業に就いている普段出会うことのないような男たちが、自分に熱っぽい視線を向け、必死に気を引こうとしてくるのが、ただ楽しくてたまらなかった。お綺麗ですね、こんな美しい人に初めて会いました、と感嘆するように美貌を褒められてちやほやされることは、男として育ってきた歩には生まれて初めての経験で、素直に心が躍った。

やはり、職場と家との往復ではだめなのだ。侑奈の言う通りに来てよかった。ここで、誰かひとりでも好感を持てる相手を見つけられて、また後日会えたら……などと、儚い夢を抱いていたほどだ。

しかし、冷静になってみれば、この場での出会いがそんなハッピーエンドに繋がるはずはない。ストレートの彼らが群がっているのは、料理が得意な『ユウナ』という虚構の女性なのだ。

しがないサラリーマンで、しかもゲイの歩ではない。

女物の服を脱いで化粧を落としたなら、彼らはおそらく歩には気づかず、見向きもしないだろう。

(俺……いったい、なにを期待してたんだろ……)

侑奈も言っていた。『たまにはイケメンを眺めて楽しんできなよ』――と。

行けと勧めた妹だって、女の仮面を被って参加したこの場では、本当の歩を好きになってくれる男との出会いなどあるわけがないとわかっていたのだろう。女の恰好で彼らの目を惹き、どれだけの男に好意を向けられて話しかけられてみたところで、歩が虚しさを覚えるのも当然だった。

すっかり落ち込んだ気持ちのまま、時折入れ替わっていく男たちとなんとか会話を続ける。

ずっと立ちっぱなしで、慣れないパンプスを履いて締めつけられた足の爪先に、痺れを感じる。

やけに会場がざわざわしているのを感じるのは、疲れてきたからだろうか。

「ユウナさんのことをもっとよく知りたいな。このパーティが終わったあと、よかったら少しふたりでお話しできませんか？」

目の前の男が、剥き出しの歩の腕にそっと触れてきた。さすがに直に触られると、男だということがばれてしまいそうな気がして、さり気なく一歩引いてその手から逃れる。

「すみません、僕もご一緒していいですか？」

一瞬会話が途切れたところを見計らって、また新たな男がふたりの間に割り込んでくる。

そのタイミングで、歩は「ごめんなさい、私……ちょっと失礼します」と、ふたりの男にぺこりと頭を下げる。もう限界だった。化粧室にでも行くような振りをして、このまま帰ってしまおう。そう決め、足早に入り口のほうへ向かおうとしたときだ。

「お……っと」

その場にいた男に体ごとぶつかってしまい、よろめいて転びかけた歩は、次の瞬間、力強い腕に抱き留められていた。

侑奈から借りてきた財布と携帯しか入らない小振りなバッグが、床に落ちて転がる。

準備を重ね、若干の期待を胸に抱いて楽しみにしてきたはずなのに、目の前の男たちから逃げ出したいような気持ちになり、前をよく見ていなかったのだ。

「ご、ごめんなさいっ！」

慌てて謝る。助けてくれた男は歩をしっかりと抱えて立たせると、バッグまで拾ってこちらに差し出してくれた。

「いいえ。大丈夫ですか？」

低く聞き心地のいい声だった。

「ええ、ありがとうございま……」

その声になぜだか聞き覚えがあるような気がして、バッグを受け取りながら顔を上げた歩は、ぎくりとして目を見開いた。

すーっと頭から血の気が引いていく。

（――――信じられない……）

目の前に立つ見上げるほど背が高く体格のいい男は、一目でわかるほど仕立てのいいダークカラーのスーツを身に纏っている。特徴的な織りで艶のあるガーネットレッドのネクタイとポケットチーフは、世界の高級ネクタイについて大学の卒論を書いた歩の目には、イタリアの最高峰マリネッラ社のものだとすぐにわかった。

煌びやかなダークブロンドは少し長めで、合間から切れ長の琥珀色をした目がこちらをじっと見つめている。

さっきまで話していた男が、心配そうに大丈夫ですかと尋ねてくるが、あまりの驚きに、歩は頷くばかりで、まともに返事をすることすらできない。

——東久世《ひがしくぜ》・レイモン・令明《のりあき》・バルビゼ。

目を疑いたくなったが、なんの因果か今日、彼にはミーティングで会ったばかりだ。

間違いはない。

目の前にいるのは、歩の勤め先であるアルタイルの新しい代表取締役社長だった。

なぜ、彼がこんなところにいるのか。

出会うべきではない場所、そしてぜったいに会いたくない恰好で、よりによって会社のトップと顔を合わせてしまった。

(夢、だったらいいのに……)

あまりにも最悪な出来事に呆然としている歩の目を見返して、彼——東久世社長はかたちの良い唇を開いた。

「……顔色が悪いな。少し座ったほうがいい。椅子があるからこちらへ」

なかば強引に背に腕を回してきた東久世社長は、歩をエスコートして、男たちの前から壁際に並べられた休憩用の椅子に連れて行く。

（ぎゃ――――ッ、な、なんで……!?）

いますぐにでも全速力で彼から隠れられるところへ逃げたいと思っていたのにと、歩は心の中で叫び出しそうになった。

歩を椅子に座らせたあと、「彼女に水を」と社長がスタッフに指示した。すぐに氷水入りのグラスが運ばれてくる。

「東久世社長、救護の者をお呼びいたしましょうか？」

困惑した様子の女性の声が聞こえ、社長が答える。

「様子を見て頼むかもしれない。ああ、案内のほうはもう結構だ。検討後にまた連絡させてもらう――さ、水だ。飲めるか？」

目の前にグラスを差し出され、「あ、ありがとうございます」と小声で礼を言って受け取る。動揺し過ぎて、顔を上げることはできない。

しかし、彼がずっと見つめているので、飲まないわけにはいかずにおずおずと口をつける。できる限り社長のほうに顔を向けないように、歩は水を飲んだ。

渇いていたという自覚はなかったものの、緊張したまま男たちの相手をし続けていたせいか、喉を通っていく冷たい水はただの水ではないみたいに美味しく感じられた。

（ああ、失敗した……）

この場で社内の人間に遭遇する危険性はまったく考えていなかった。歩の会社はアパレル関係の業種だけあって、社員はお洒落で明るいリア充がほとんどだ。そんな人間が、わざわざ会費を一万円も払ってお見合いパーティに来るはずはないだろうと安易に思い込んでいたのだ。それなのに、まさか社長が現れるなんて。

さっきまではあれほど我も我もと話しかけてきていた男たちが、いまとなっては少しも寄ってこない。おそらく、あまりに格の違うルックスをした男の登場に萎縮しているのだろう。社長のことが気になる様子でちらちらとこちらを眺めている女性たちも多いが、歩が隣にいるこの状態で話しかけてくる強者はいないらしい。

歩は祈るような気持ちで、そっとグラスを椅子の脇のテーブルに置く。

頼むから空気など読まないでほしい。いまこそ誰か彼との間に割り込んできてくれればいいのに。

そんな歩の心の内も知らず、隣に座っている社長が顔を覗き込むようにして尋ねてきた。

「とくに持病がないようなら、脳貧血か、もしくは人ごみに酔ったのかもしれないな。どこか苦しいところや、痛むところはあるか？」

彼の前で口を開くのが恐ろしくて、歩はぶるぶると首を横に振る。

一秒でもはやく自分から興味を失って、他の女性のところへ行ってほしかった。

眉を顰《ひそ》める気配がして、身を縮めて座っている体を眺め下ろす視線を感じた。

「——足か」

そう言って、椅子から下りた彼はなにをするつもりなのか、スッと歩の目の前に跪《ひざまず》く。

「あっ！　な、なに……っ？」

唐突に足首を掴まれ、彼の手でパンプスを脱がされてぎょっとした。

拒む間もなく両足とも脱がされ、まじまじと足を眺められる。脱がされてみて驚くが、締めつけられた足の爪先や踵がところどころ赤くなっていて、もう少しで皮が剥けそうなところまであった。

「……これは、随分と痛んだだろう。靴を甘く見るんじゃない。サイズの合わないこんな華奢なパンプスを長時間履くなんて、具合が悪くなって当然だ」

ヌードカラーのストッキングに包まれた歩の足をじっくりと検分しながら、彼は呆れ顔でため息をつく。服は侑奈のものが着られたが、さすがに靴はサイズが合わず、通販で今日のために買ったのだ。家の中で試し履きをすると、ちょっときつく感じたが、二時間くらいなら問題ないと思っていた。まさか少し歩いただけで、こんなに靴擦れするとは思ってもみなかった。

「ご、ごめんなさい……」

自分が情けなくなって、小声で囁くように謝罪すると、彼が足からそっと手を離した。

「べつに、謝る必要はないが……言い方がきつかったならすまない。このぶんなら、手当てが必要なほどではないだろう。どうだ、靴を脱いだら少しは楽になったか？」

どこか気まずそうに彼が訊いてくる。そう言われてみれば、ここに座らされてパンプスを脱がされたら、ずいぶんと楽になった気がする。全身に纏いつくような強い疲労感は、どうやら足が痛むせいだったようだ。

（どうして、俺の痛いところが足だって気づいたんだろう……？）

慣れないヒール靴の締めつけと裾が捲れないか気がかりな女性物の服は、自ら望んで身に纏ったとはいえ、思った以上に自分にストレスを与えていたらしい。緊張し過ぎて、自分でも気づかなかった足の痛みを、会ったばかりの彼が指摘してきたのには驚きを感じた。

少しだけホッとして、歩の頬に自然と笑みが浮かんだ。

「あ……ええ、とても。ありがとうございます」

すると、まっすぐにこちらを射貫く彼の目と思い切り視線が合ってしまい、急いで逸らす。

「それはよかった」

そう言うと社長は立ち上がり、なぜかスーツのジャケットを脱ぐ。それを歩の膝にそっとかけて、靴を脱いだ足を人目から隠してくれた。

ベスト姿になった彼に驚き、「いけません、こんな」と言って慌てて返そうとするけれど、気にするなというように手で止められてしまう。

(ど、どうしよう……)

気遣いはありがたいが、このままではとっさに帰れない。

「挨拶が遅くなったが、私は、東久世レイモンという」

レイモンと呼んでくれと彼が言ってきたので、言いたくはなかったが、仕方なく歩も妹の名を名乗る。

「ユウナか。綺麗な名前だ」

ごく一般的な社交辞令だとわかっているはずなのに、彼のような男に言われると、まるで口説かれているみたいに感じてしまう。思わず歩は頬が赤くなるのを感じた。

『――それでは皆様、お待たせいたしました、二度目の集計タイムです!』

そのとき、司会者がマイクを持って告げ、椅子の上に置いたバッグの中で歩のスマホが震えた。

参加者たちがざわめきながら、期待に満ちた顔でそれぞれ自らのスマホを覗き込む。

『さあ、あなたの意中の相手のお気持ちはいかに? そして、あなたに想いを寄せていらっしゃるのは、いったいどこのどなたなのでしょう?』

おずおずと隣に視線をやるが、ウェイターから飲み物のグラスを受け取った社長はゆったりと足を組んでいて、スマホを取り出す様子がない。

（……参加者、ってわけじゃないのかな……？）

そういえば、彼の胸元には、全員がつける決まりになっている名札がなかった気がする。スタッフと仕事の話をしていた気もするし、もしかしたらアルタイルと提携したパーティの企画案でも持ち上がっているのかもしれない。そう考えて、改めて歩はこの場にうきうきした気持ちで女装してやってきた自分の浅はかさにぞっとする。

（だけどさ、仕事関係だとしても、社長本人が来る必要なんてないよな……？）

自問してみるが、そうはいっても彼はいまここにいるのだ。

意中の相手との進展に一喜一憂している参加者たちとは裏腹に、彼はひとり落ち着いた様子でグラスを傾けていて、女性に声をかけに行く気など少しもないようだ。歩もスマホを取り出す気にはなれず、ただぼんやりと会場内の人々を眺めながら、社長の隣に座ったままでいた。

正体がバレる可能性を思うと、こちらから話しかける勇気がどうしても出ない。

（でも、さっき――『彼女に水を』って言ってた……？）

社長はどうやら、歩が自分の会社の社員だとは少しも気づいていないらしい。

落ち着いて考えてみれば、それもそのはずだ。

就任の全体挨拶で一度遠くから眺め、その後、廊下で一度すれ違った。

今日のミーティングで会ったとは言っても、社長の席は窓を背にした上座だったし、前列あたりは部長や課長クラスが固めていて、平社員の歩はかなり後方だった。企画課の業務について立って説明もしたが、わずかな時間だったから、記憶には残っていない可能性のほうが高い。

その上、昼間はスーツ姿のサラリーマン、いまはばっちりメイクで女の恰好をしているとくれば、『ユウナ』の正体に勘づくほうが難しいだろう。

そう自分を納得させると、もし彼に気づかれたらという緊張感が、やっと緩んできた。

気持ちが落ち着くと、今度はやけに気になって、そっと隣にいる彼の様子を窺ってみる。

会話が途切れたあとは、時折飲み物を口にするだけで、レイモンはなにも言ってこない。

隣から密かに眺める横顔は、整った鼻梁に秀麗な顎のラインまでもが、ほれぼれするほど完璧だ。

ミーティングなどでは遠目でわからなかったが、光の加減で金にも茶にも見える髪の毛は絹糸のように滑らかに見えて、いかにも触り心地が良さそうだ。

西洋の血が強く出ているのか、骨格はしっかりとしていて、グラスを持つ手も大きい。

高貴で優美な雰囲気とは裏腹のごつごつとした指からは、男らしい印象を受ける。

俄かに彼を初めて見たときのときめきが押し寄せてきて、歩は動揺した。

(馬鹿だな、どきどきなんかするな……)

相手はおそらく、この会場内にいるどの男より金を持ったセレブだ。たとえ好きになったところで無駄だ。社内の誰に恋をするより、成就する可能性が低い相手なのだから。

せめて、『ユウナ』が本物の女だったら、好きになる資格ぐらいはあったかもしれない。

なんとなく悲しい気持ちになって、視線をホール内の人々へと向ける。

ここには、歩を好きになってくれる男なんていない。

いや、もしかしたら、世界中探したっていないのかもしれない――。

「――誰か、いい男は見つかったか？」

「え……？」

突然尋ねられて、物思いに耽っていた歩はぽかんとした。レイモンはゆっくりとこちらに視線を向けてからふたたび口を開く。

「これは、結婚を前提とした交際相手を探すためのパーティだと聞いているが……君もここに恋人を探しに来たんだろう？　意中の相手は見つかったのか、と聞いているんだ」

いままさに考えていたのと同じことを尋ねられ、頭の中を覗かれたみたいに狼狽えた。

「え、い、いえ……その、とくに見つからなくて……実は、もう帰ろうか、と思っていたところだったんです」

「そうか。では、私と会ったのは、帰ろうとしていたときだったんだな。ならば、今夜の私は……幸運だったようだ」

慌てて答えた歩を、切れ長の目がじっと見つめてくる。

一瞬、ぞくっとして息ができなくなった。

肌の色も髪の色も、東洋と西洋の美がいい意味でしっくりと混ざり合っている。顔立ちのほうはきっと、フランス人だという母親に似たのだろう。宝石のように深い色の瞳と、完璧なかたちに削り出された彫刻みたいな容貌は、間近で見ると一瞬身動きがとれなくなるほどの迫力があった。

「私はこの場に相手を探しに来たわけではないんだ。ちょっとした仕事のためにこのホテルを訪れて、打ち合わせが終わったあと、関係者から少し覗いていかないかと勧められて……そこで、君を見つけた」

囁く声で言われ、彼がそっと膝の上に置かれた歩の手を握る。大きな手にぎゅっと包み込まれて、躰がびくんとなった。

「女性はたくさんいたが、目に留まったのは君だけだった。気になって近寄ったら、君は困った様子で会話していた男から離れようとして、私にぶつかってきた……これは、運命なのではないかと思った」

予想外の言葉に歩は仰天した。信じ難いことに、彼が歩のそばまで近づいて来ていたのはどうやら偶然ではなく、彼は会話を交わす前から、遠目で見た歩に興味を持ってくれていたらしい――それも、歩を本物の女性と誤解したままで。

侑奈に仕込まれたメイクのテクニックには、アルタイルの将来有望な社長までをも惹きつけてしまうほどの魅力があったようだ。すごい。もう販売員は辞めて、メイクアップアーティストになったらどうかと思う。

(ど、どうしよう、俺……)

突如として、心臓が壊れたみたいに激しい鼓動を打ち始め、あまりの動揺に頬がじわじわと赤く染まっていくのがわかる。思いがけないことだが、混乱しつつも、どこかで嬉しさを感じている自分に気づく。

「月並みな台詞で、こんなことを言うのは本意じゃないんだが……私たちは、以前どこかで会ったことがある気がするんだ」

自分自身の感覚に困惑するみたいに、言葉を選びながらレイモンが熱っぽく囁く。

一瞬、心臓を鷲掴みにされたみたいにどきっとする。次の瞬間彼がなにを言っているのかに気づき、歩は衝撃を受けた。

「『カワサキ　ユウナ』……川崎、という社員なら社内にいたと思うが、たしか男だったはずだ。いったい、どこで会ったのか……先週のワインパーティか、それとも、その前の展示会だっただろうか……」

記憶の中を探るような目で、彼は額に手を当て考え込んでいる。

「君のように印象的な美人を忘れるなど、愚かな失態で情けない。君は私のことを覚えていないか？　どうしても思い出したい。気になるんだ、ユウナ」

おかしな反応をしないよう努めつつ、強張った顔で歩はただまっすぐに彼の目を見返した。

さきほど胸を甘く蕩けさせた歓喜が、一気に醒めていく。

どうやら彼は、『ユウナ』という女に覚えた謎の既視感から、自分が彼女に恋愛的な興味を抱いているのだと無意識に誤解しているらしい。

（最悪だ……）

もし、自分が本当の女性だったら。そして、彼みたいに抜きん出た美貌と社会的地位とを持ち合わせた男性に、こんなふうに情熱的に出会いを運命だと囁かれたら、どれほど嬉しかったことだろう。

本人が言うように、一見ありきたりな誘い文句のようにも聞こえるが、そうではない。自分にだけはわかる。

視覚記憶というのは恐ろしい。彼は無意識のうちに、どこかで気づいているのだ。

昼間ミーティングで営業部代表として報告に立った社員の男と、目の前の女が同一人物であることに――。

（頼む、どうか、思い出さないでくれ……）

心の中で必死に祈る。

答えずとも、歩の様子から直感でわかったのか、彼が目を輝かせる。

「会った覚えが、あるんだな？　――どこでだ？」

問い詰められて、もう逃げられなくなる。歩は覚悟を決めた。

「……いいえ。残念ながら、私があなたとお会いしたことは、ないと思います」

ぎこちない笑みを浮かべて、歩はきっぱりと言い切る。嘘ではない。ここにいるのは婚活中の販売員である『ユウナ』なのだから。

これ以上、彼と一緒にいるのは危険だと悟った。

彼がなにか言おうとする前に、膝の上にかけてくれたジャケットを丁寧に畳んで差し出す。

「すみません、私……、そろそろ帰らなきゃ」

「――待て。まさか、その靴を履いて帰るつもりか？」

揃えて置かれたパンプスに足を入れようとすると、やんわりと肩に手をかけられた。

コインロッカーから荷物を出してタクシーを拾い、車の中で靴を履き替えるまでの辛抱だ。彼の前から逃げるためなら、束の間痛い足を我慢するぐらい耐えられる。

大丈夫です、と言おうとする前に、長い手が伸びてきて、屈んだ彼にひょいと片方のパンプスを奪われてしまう。

歩の華奢な靴を片方手にしたまま、立ち上がってレイモンは言った。

「帰るなら車を回させるから家まで送って行こう。ついでにホテル内のブティックで、君に合うヒールの低い靴を買ってくる」

この靴は借りていく、と言われて歩は一気に青褪めた。

「い、いいえ、そんな……結構です！」

送られるなんてとんでもない。一刻もはやくレイモンのそばから離れなくてはならないというのに。しかし、さすがに靴がなくては帰れない。裸足のままで立ち上がり「大丈夫ですから、返してください」と歩は必死に手を差し出す。

「無茶をするな。この靴で帰ったりしたら、明日はまともに歩けなくなるぞ？」

呆れた顔で言い、彼は歩の手が届かないよう、片方の靴を肩の高さにまで上げた。ヒールがないと、ふたりには頭ひとつ分以上の身長差がある。どうやら彼は一九〇センチ以上の身長があるようだ。

歩がどれだけ手を伸ばしたところで、レイモンのほうも手を上げてしまえばぜったいに届かない。周りの参加者は靴の奪い合いをしているふたりのやりとりを目を丸くして眺めている。

「お願い、返して……っ」

「だめだと言っているだろう」

頑張って手を伸ばしても奪い返せない。飛び跳ねて取ろうとすれば、しっかり留めてあるとはいえ、ウィッグやパッドを入れたブラがずれてしまいそうだ。からかうでもなく顔を顰《しか》めたまま靴を持ち上げるレイモンに、止む無く取り返すのを断念した歩は、悔しさに唇を噛んだ。

座れ、と言われてどうしようもなく、すごすごと腰を下ろす。その膝にふたたび優しくジャケットをかけてくれながら、レイモンが歩の耳元に唇を寄せてきた。吐息が触れるほどの距離に近づいた凄味を感じさせる美貌の真顔に、思わずどきりとする。

「ひとつだけ、わかったことがある。他の男とは笑顔で話していたのに、私と会ってからはほとんど笑顔を見せていない――ということは、君はやはり、私の会社の社員なんだな」

レイモンの鋭い指摘に、歩の顔が強張った。

「なぜだかはわからないが職業を販売員と詐称していたし、こんな場所で会社関係の人間には会いたくなかった……というところか？」

否定も肯定もできず、歩は言葉を失う。

「ああ、誤解しないでくれ。そんな絶望した顔をする必要はない。べつに、プライベートでのことを責めるつもりはないし、気に入ったからと言って、立場を逆手に取って交際を強要しようなどというつもりもない」

レイモンは可笑しそうに言ったあと、歩の目を真正面からじっと覗き込んできた。

「ただ、君にはなにか他にも秘密があるみたいだ……頼むからこれ以上探らないでくれと、はっきり顔に書いてある。おかげで、余計に君に興味が湧いてしまったよ」

すっと手を取られ、その甲に彼の唇がそっと押しつけられる。騎士が姫君にするみたいな、恭しいキスだ。まさかそんなことをされるとは思わず、驚きに歩の頬はカッと熱くなった。

その様を見て、彼は今日初めてにっこりと満足げに微笑んだ。目にしただけでその場が輝くような、華やかな笑みだ。

「続きは、あとでゆっくり話そう。すぐ戻ってくる」と言い置くと、呆然としている歩から離れる。入り口のスタッフになにかを伝えてから、一瞬歩と目を合わせ、レイモンは止める間もなくホールを出て行ってしまった。

きてほしくなかった月曜の朝がきてしまった。これほどまでに週明けを恐れたのは、人生で初めてのことだ。

＊

パーティから戻ったあと、週末の休みは自宅に籠もり、一歩も外へ出ることはなかった。

コインロッカーに預けっぱなしの荷物ですら取りに行く気になれず、延滞料金も覚悟の上で会社帰りに引き取りに行かねばならない。

ベンチャー企業の社長とうまくいったらしく、金曜の夜は帰宅しなかった侑奈からは何度か心配するメールが届いていたが、適当に誤魔化しておいた。まさか女装姿で会社の社長と鉢合せしたなんて言ったら、妹が責任を感じてしまうかも――いや、おそらく、侑奈の性格から考えて大笑いされるのが関の山だろう。余計に言いたくない。

どんよりとした気持ちで週末の二日間、歩は妹にのせられてお見合いパーティに足を運んだ自分をひたすら責め続けていた。土曜の夜に帰って来た侑奈は、あまりに落ち込んでいる歩の様子で察したのか、なにも聞かなかった。やけにしおらしい様子で夕食を作ってくれたうえ、「お兄ちゃん、無理に行かせてごめんね……？」と謝ってきたくらいだ。

身悶えしたくなるほどの後悔に押し潰されそうになりながら、ネットを見るたびに社長の情報と、それから求人サイトばかりを検索してしまう。

それまでは前社長のイケメンな息子という程度の認識で、大雑把な経歴しか知らなかったが、彼は知れば知るほど完璧な、超がつくエリートだった。

レイモンは前社長と最初のフランス人の妻との間にできた長男で、年齢は三十二歳、独身だ。

他にも外に作った腹違いの兄弟が何人かいるという噂だが、最も優秀だった彼が異母兄弟たちを退けて、今回代表取締役社長に就任することになったようだ。

生まれたのは母親の実家のあるフランスだったが、両親の不仲により、日本とフランスを行ったり来たりして育った。両親が正式に離婚したあとはフランスに定住し、大学で経営学とファッションビジネスについて学び、そして卒業後に学生時代に貯めた資金を使い、アパレルのプロデュース業に進出したのだという。

彼がデザイナーを発掘し、手がけたいくつかのブランドはことごとく大成功していて、海外セレブの私服コレクションの中で紹介されることも多い。

特にいま、世界中から注目されているのは〝ドレサージュ〟という新進のブランドで、乗馬服のイメージを元にアレンジしたクラシカルなデザインが特徴だ。メンズラインのみだったが、最近レディースラインとバッグブランドも起《た》ち上げ、決して安くはない価格帯ながら売れ行きはかなり好調らしい。その株をほぼ所有して億万長者の仲間入りを果たした彼に、疎遠になっていた父親からお呼びがかかった。体調不良で社長業がままならなくなり始めていたために、何人かの子供の中から、最も有望そうな彼を後継者候補として招集したのだ。

そうして鳴り物入りで昨年来日したレイモンは、アルタイルの取締役のひとりとして名を連ねることになった。彼としても、世界戦略の一環として日本市場は魅力だったらしい。

入社したあとも拠点はフランスに置き、フランス語以外にも英語と日本語に堪能な彼は、アメリカとフランスを中心とした諸外国にたびたび飛んだ。しかも、アジアにはまだ進出していないいくつかの海外ブランドと個人的なツテを辿って独占契約を交わし、ファッションクルーズでのみ販売可能にして、莫大な利益を生み出す快挙を成し遂げた。

それまでは取締役のうちのひとりでしかなかったが、父の会社の収益に大きく貢献した彼は、取締役会全員一致で今年から正式に代表取締役社長職を引き継ぎ、アルタイルのトップに就任することになった——。

(非の打ち所、なさすぎだろ……？)

完璧な成功者である社長の経歴を知って、歩は打ちのめされた。

彼がもし、歩の正体に気づいてしまったら——いや、あの調子ではおそらくすぐにレイモンはデータ化された社員名簿を『カワサキ』の名で検索したに違いない。気位の高そうな彼に、自分が手にキスをした女が実は女装した自社の社員だったなどと知られたら、馬鹿にされたと憤られ、クビにされても少しもおかしくはないだろう。

そしてとうとうやって来た週明けは、いつもより少し早めに出社して、いつ社長からの通達がきてもいいようにデスク周辺を片づけておいた。すぐに使わない私物は持ち帰るために紙袋に纏め、念のためとっておいた資料や書類はシュレッダーにかける。

今週中には社長との懇親会が行われる予定だったが、それまで自分がこの会社にいられるかはかなり疑問だ。

(この仕事、いつの間にか、けっこう気に入ってたんだな……)

第二希望でどうにか得た職種だったが、いまでは思いの外充実した日々を送っていたのだとわかる。もう最後かもと思うと、いつも厳しい椿谷でさえ愛しく思えて、顔を合わせたとたんについ涙ぐみ「ちょ、ちょっとどうしたの!? お腹でも痛い?」と驚かれてしまった。

どきどきしているうちに昼がきて、葬式に出るような顔の歩は、椿谷の一行に誘われて一緒にランチをとった。「いつもにこにこしてる川崎君が落ち込んでると、部内が暗くて困るのよ。悩みがあるなら言ってね?」と心配そうに言われて、気落ちしている理由は誤魔化しつつも礼を言っておいた。

しかし、午後の部内ミーティングが終わり、ブランドの担当者との打ち合わせから戻ってきても、社長からの呼び出しは入っていない。

(もしかしたら……俺のこと、まだ気づいてない、かも……？)

定時が近づき、少しずつ歩が楽観的な気持ちになり始めたときのことだ。

自席の電話が鳴り、歩は今後始まる春夏物のピックアップセールのための企画書をまとめていた手を止めた。

「はい、営業部企画課、川崎です」

『おう、お疲れ様。加藤《かとう》ですけど』

かけてきたのは、営業部部長の加藤だった。

なんの用だろうと思いながら「お疲れ様です」と返す。歩がのんきな気分でいられたのはそこまでだった。

『社長の秘書から川崎君を呼べって連絡が来てるんだけど、君なにかした？』と困った声で言われて血の気が引いた。よく、わかりませんが……と、しどろもどろに答えると、とりあえずいますぐ社長室に行くようにと命じられる。

やはり、このまま勘弁してもらえるなどという甘い考えは許されなかった。

絶望的な気持ちで時短勤務で帰宅して行く社員とすれ違い、よろよろしながら歩はエレベーターに乗った。箱は上昇していくのに、気持ちはまるで地獄へ落ちて行くようだと思いながら、最上階にある社長室へと向かう。

この階に来るのは、入社式の日以来だ。

社長室と重役用のミーティングルームのみのフロアに降りると、正面に受付がある。前社長のときからいる秘書が立ち上がってかたちばかりの笑みを見せ「営業部の川崎さんですね。社長がお待ちです」と案内してくれる。

おずおずとノックをしてから、歩はドアを開ける。意外なことに、室内には先客がいた。二面の壁のほとんどがガラス張りになっている室内からは、日が暮れかけたオフィス街の風景が一望できる。素晴らしい景観を背に、応接セットのソファに座っていた男が立ち上がった。

「おっ、やっと来たわね。レイモン、この子でいいの？」

こちらへと近づいてきた彼のウェーブのかかった黒髪に彫りの深い顔立ちは、どこかハーフっぽさを感じさせる。洒落たデザインの真っ赤なジャケットとジーンズ、袖口からは腕にはめたハイブランドのごつめの腕時計が覗いている。派手で金のかかった恰好を見るに、デザイナーみたいな雰囲気の男だ。

（この人、どこかで見たことがある気がするんだけど、どこでだっけ……？）

歩が必死に思い出そうとしていると、窓を背に置かれたどっしりとしたデスクで、レイモンがパソコンに向かっている姿が目に入る。一気に心臓の鼓動が跳ね上がった。

熱っぽく口説いてきたあのパーティの夜とは異なり、いまの彼は険しい表情を浮かべている。男の問いかけに、ちらりとこちらに目を向けただけで「ああ、やってくれ」と答える。

「はーい、じゃあこっちに来て。アユムだよね？　アタシはジェラルド。スタイリスト兼メイクアップアーティストよ。あ、ジェリーって呼んで」

わくわくとした笑みを浮かべたジェラルドに腕を引かれ、ソファーのあるほうへ連れて行かれる。

職業を聞いてようやく思い出した。彼の顔を見たのは——ファッション雑誌の特集記事だ。

〝Ｊｅｒｒｙ〟は世界のプレタポルテ・コレクションのステージで引っ張りだこのメイクアップアーティストではないか。以前写真を見たときは眼鏡と帽子ありの姿だったので、すぐには気づけなかったのだ。いま日本に来ていたとは知らなかった。

（日本語ペラペラ……ちょっと、口調がゲイっぽい……っていうか、オネエなのかな……？）

彼はたしか四分の一くらい日本の血が混ざっているという話だったから、誰か身内に話せる人がいるのかもしれない。プライベートは特に明かされていないが、ファッション業界には多いと聞くので、彼のセクシュアリティがゲイであっても少しも不思議ではないと思う。

注目される仕事をしているわりに、ジェラルドはかなりフレンドリーな質《たち》で、身長いくつ？肌綺麗なのねー、と次々と話しかけてくる。歩は完全に面食らったまま、ジェラルドの陽気な空気に呑まれていた。

「さ、いちおう何着か持ってきたけど、万が一サイズ合わないと調整が必要だから、メイクより先に着替えをしましょうか。さっそくだけど、脱いでもらってもいいかしら？」

「えっ？　あ、あの……っ？」

スーツの襟に手をかけられて動揺する歩の目に、ハンガーラックにかけられた何着かのドレスが映る。タグがついているところを見ると、試作品ではないようだ。しかも、テーブルの上にはヘアマネキンがあり、セミロングのウィッグを被っている。

それはちょうど、パーティで『ユウナ』がしていたような雰囲気の髪形だった。

（まさか――）

歩は青褪めた。考えたくもないが、まさかあのうちの一着に着替えろということなのだろうか。

背後に回ってきたジェラルドは「ほらほら、あんまり時間ないのよぉ」と言って、当たり前のようにさっさとスーツのジャケットを脱がせてくる。わけがわからず歩は必死の形相で彼に尋ねようとした。

「ちょ、ちょっと、待ってください、どうして着替える必要が……っ？」

抗う間もなくするっとネクタイを引き抜かれ、ワイシャツのボタンを外していくジェラルドの手を止めようとすると、別のところから低い声が飛んできた。

「——無理やり脱がされたくなかったら、大人しく着替えろ」

「おいおい、ちょっとレイモンー、そんな言い方したら彼が萎縮するだろ!?」

歩から脱がせたジャケットを腕にかけたジェラルドは、低い男声を出して彼を窘めた。

「なによ、アユムには話を通してなかったの？」と呆れた顔で肩を竦める。レイモンは彼を睨み「うるさい。さっさとやれ」と言うだけで取りつく島もない。

「できるわけないだろ。どういう意図かわかんないけど、『完璧に女装させろ』っていう依頼をアユムは知らなかったんだよね？　このまま、あなたとアタシがいるこの部屋で無理やり下着まで着替えさせるつもり？　それともなんかの罰なの、これ？」

どうやら、ジェラルドはレイモンから依頼されて、歩を女の恰好に変身させるためにここにやって来たらしい。

怪訝そうに問い質されたレイモンは、難しい表情のまま答える。

「別に、辱めたいわけじゃない。着替えているところを見たいのは……彼の性別を確認するためだ」

そう言いながら、今夜初めて、彼ははっきりと歩と目を合わせた。

（やっぱり、怒ってるんだ……）

出会った夜に情熱を湛えていた瞳は、いまは複雑な感情を映していて、いかにも冷ややかそうに見える。彼が抱えている深い憤りが部屋の空気から伝わってくるようで、歩は無意識にぶるりと小さく身震いをした。

「え？　性別って、男に決まって……あ、ちがうの？　そう言われてみれば、ちょっと中性的かな？　……ごめん、すごくデリケートな話題に突っ込むけど、実はアユムは男装の女のコだったりする？」

ハッとした様子のジェラルドが口元を手で押さえ、気遣いながら訊いてくる。

「い、いえ、僕は男です！」と答えるが、レイモンはそれでも信じる様子がなく、疑わしそうな視線のままだ。

「そうよねぇ。本人がこう言ってることだしさ、着替えまでじろじろ眺める必要ないだろ？　アタシも彼が着替える間は後ろ向いてるし。終わったらご依頼の通り、ちゃんとこの手で仕上げて呼ぶから、出来上がってのお楽しみってことで、あなたは外でコーヒーでも飲んでくれば？」

ね？とジェラルドに言われて、レイモンは渋々立ち上がる。

出て行きしな、彼は何事かをジェラルドに耳打ちをする。それから歩とジェラルドの両方を見て、「二十分で戻ってくる、いいな」と不遜な態度で言い置き、社長室を出て行った。

「――アイツ、ほんと感じ悪いわね！　レイモンとは初仕事の頃からの知り合いなんだけど、超頑固で言い出したらぜったいに聞かないからねえ。急がないと、着替え途中でもあいつ入って来ちゃうかも」

さあさあ、と脅すジェラルドに急かされて、歩は納得もしていないまま着替えを始めさせられることになった。

彼が用意してきたのは、数着のドレスと女性物の下着一揃いだ。

女性物のアパレルは仕事で取り扱うが、下着類にはそれほど詳しくない。目の前にあるのは、そんな歩の目にもわかるほど繊細なラッセルレースが施されたペールブルーのブラジャーとショーツに、腿の部分が同種のレースになっているガーター不要のストッキングだ。

（た、高そう……）

どれも非常に丁寧な凝った造りだ。最高級のランジェリーブランドは、ブラひとつだけで十万円近くすると聞いたことがあるが、これが全部でいくらするのか考えるのが怖い。

済んだら教えてね、と言ってソファに着替えを並べると、ジェラルドは本当にくるりとドアのほうを向いて歩に背を向け、待つ態勢に入った。気遣ってくれるとはいえ、彼は社長の知り合いだ。長く待たせるわけにはいかない、という社会人としての常識が無意識に働いて、歩は納得がいかないまま止む無くスーツを脱ぎ始めた。

手早くワイシャツを脱ぎ、戸惑いながらもおずおずとブラを身に着ける。アンダーのサイズは合っているしカップも小さめだ。とはいえ、中身が薄いので慰め程度の膨らみにしかならない。

すっかり日の沈んだ薄暗いガラス張りの窓の向こうに、こちらを覗ける高さのビルは幸運にもない。けれど、ふと目を向けると、そこにはブラとスラックスという不恰好な自分の姿が薄っすらと映っていて、羞恥のあまり、泣きたいような気持ちになった。

――なにが悲しくて、社長室で無理やり女装させられなくてはいけないのか。

絶望的な気持ちで、あとはただ事務的にドレスに袖を通し、ボクサーパンツからレースのショーツへと履き替え、最後にストッキングを履いた。

躊躇いながら「できました」と声をかける。くるりと躰を反転させたジェラルドは、片方の目を瞠り、ピュウと口笛を吹いて「レイモンの言ったサイズでぴったりだったわね」と言った。

歩が着ているのは、深いネイビー色をしたノースリーブの膝丈ワンピースだ。上品な光沢のある素材はおそらく、ウェディングドレスなどに使用されるシルクタフタだろう。背中と胸の谷間の開きが深めなので、薄い胸元が見えてしまわないかと冷や冷やする。

続いてジェラルドは、急いでベースメイクに取りかかった。そのあと、用意していたネットで髪を纏められ、ウィッグを被せられる。最後に全体のバランスを見ながら、仕上げのポイントメイクをされた。

「アユムは小顔だし、すごくメイク映えするのねえ。今回はレイモンのご指定がこの長さだったんだけど、ウィッグは思い切って超ロングとかも似合いそうよ。あー今夜は友人との会食の予定みたいだから、リップは抑えめなピンクのほうがいいかしら」

（か、会食……？）

ぶつぶつ言いながら彼は愕然としている歩の唇に小さな刷毛で色をのせていく。

まさか——こんな恰好で社長は外に連れ出そうというのか。自ら望んでパーティに足を運んだこともあったけれど、彼との遭遇ですっかり萎縮した自分には、もう女装して外出したい願望などかけらも残ってはいないのに。

最後に頬にパウダーをはたき、少し距離を置いて腕を胸の前で組み、彼は歩を眺める。息を詰めていると「うーん完璧、これなら、どんな男でも口説き落とせるわよ」とジェラルドはうっとりとした顔で自画自賛した。

「ああ、そうだ。胸、ヌーブラ入れて補強しておく？　女でも胸の薄いモデルは使っているし、そのほうが見た目もぐっと綺麗に見えるから、ね」

「え、で、でも、あの」

もごもごと躊躇っている間に、ハイこれ、と当たり前のように一組のシリコンパッドを渡された。着けてあげようか？　と言われて、慌てて首を横に振る。男の胸なのだから、なにも仕込まないとブラの膨らみがへこんでしまうのは自然なことだ。胸のかたちを整えるためにパッド類を入れて、疑似的な膨らみを演出したほうがいいのは、侑奈と計画したパーティ時の女装からよくわかっている。

仕方なく、歩は自ら後ろを向き、ごそごそとブラを下げる。その中にヌーブラを見よう見まねで貼りつけ、作り物の胸のかたちをなんとか整えた。

(なんでこんなことに……)

自暴自棄な気持ちで振り返ると、「ああ～ダメダメ！」と胸元を見たジェラルドが眉尻を下げる。

「ちょっと失礼」と言って歩の背後に回る。背中のジッパーを遠慮もなく腰まで下ろすと、肩の上から手を回した彼は、歩の胸元にスッと手を差し入れてきた。

「つ、ジェラルドさんッ!?」

「ジェリーだってば。大丈夫、なにも怖いことはしないし、すぐ済むから動いちゃダメよ？」

ブラの中に手を入れられ、適当に貼ったヌーブラをべりっと剥がされて、かなり脇のほうからぐっと上に押し上げるようにして両胸ともしっかりと貼り直される。

それから背中のあたりに指が触れる気配がして、途端にブラの締めつけがきつくなり、彼にホックをきつめに留め直されたのだとわかった。

「――ほら、見てみて？」

ドレスのジッパーを上げたあと、彼は歩の前に戻ってきた。指差された胸元を見下ろすと、ささやかだがしっかりとした胸の谷間ができていて驚く。

「こ、これ……」

(奇跡……！)

自分の躰ながら信じられなくて、思わず凝視してしまう。

「これはね、撮影なんかのときに、貧乳のモデルを少しでも大きめの胸に見せるときのテクニックなのよ。本当ならアンダーをテーピングするともっと盛れるんだけどねえ、アユムは細身だし、まあ今日はこれでじゅうぶんでしょ。――よし、完璧！　我がメイクながら、惚れ惚れするほど綺麗よ」

ジェラルドが満足げに微笑む。鏡が見たいような、見たくないような。期待と不安を抱えた歩を横に、彼はさっさと携帯でレイモンに連絡を入れてしまう。

ストッキングを履いただけの裸足では足元が心もとないが、靴はレイモンのほうで用意してあるらしい。まさかこのドレスにスーツ用の革靴を履くわけにもいかない。

この姿を目にした彼がどう反応するのかと思うと、心臓がどきどきして痛いくらいになる。強張った顔で窓ガラスに映る自分を見つめていると「ねえ、大丈夫？」とメイク道具の片づけをしていたジェラルドが心配そうに声をかけてきた。

大丈夫ですと答えたが、顔色が良くなかったようで「よかったらコレ飲んどきなさいよ」と小さなケースに入った錠剤を二粒、手に押しつけられる。

見ると、なんの変哲もない、小さな白の錠剤だ。

「これ……なんの薬ですか？」

「薬じゃないわ。気持ちが楽になるサプリよ。大丈夫、副作用はなにもないから。ほら、せっかくアタシが素敵に仕上げてあげても、そんなに緊張してたらうまくいくものもいかないでしょ？」

はい、とご丁寧に水のボトルまで渡され、呑まないわけにはいかなくなった。アレルギーなどはなにもないから大丈夫だと思うが……と考え、躊躇いながらも水でサプリを呑み下す。それを見て、少し安心したみたいにジェラルドは頷いた。

「あいつ、ちょっと気が立ってるみたいだったし……あまり酷いことはされないと思うけど」

ぶつぶつ言いながら彼はバッグの中を漁り、「いちおう、コレももっときなさい」と言って、今度はなにかごく小振りなボトルを取り出して、歩の手に握らせた。中には蜂蜜みたいな色をした液体が入っているが、パッケージが英語で中身はよくわからない。

心配してくれるのはありがたい。とはいえ、こう成分が不明なものばかり渡されるのは不安で、ジェラルドにこれはなんなのかと聞こうとしたときだった。

「――できたか」

ノックもなしにドアが開いて、レイモンが戻って来た。

いったいどこで待っていたのかと思うほど素早いお帰りだ。ドアを開けてすぐ、彼は立っている歩の姿に目を瞠り、驚いたように足を止める。

正体がまだバレていなかったあの夜とは違う。さきほどスーツ姿を見られたことを思うと、いまは女の恰好をさせられている自分が途方もなく恥ずかしくて、歩は羞恥にぎくしゃくとうつむいた。

「どう、いい出来でしょ？　今夜は貸しひとつつけとくわよ」そう言って、ジェラルドはメイクバッグを肩にかけた。出て行こうとする背中に「ちょっと待て」とレイモンが声をかける。

「――どうだった」

「ああ……うん、スーツの下の下着は男物だったわ。普通のボクサーショーツ」

報告を聞きつつ、レイモンは歩から目を離さない。ふと、胸元に目を留め、本来あるはずのない歩の胸の谷間に気づいた様子で「あれはなんだ」と怪訝そうに尋ねる。

「あれは、アタシのテクニックのたまものよ。まあ、脱がせればわかるけどね」

答えるジェラルドは得意げだ。声も潜めず、本人を目の前にしていったいなんの話をしているのか。歩は頬が染まるのを感じた。

「胸はぺったんこだし、自己申告どおり男だとは思うんだけど……どっちかな、雰囲気は両性っぽいから、女の匂いがしなくもないわね。あとは、ディナーが終わってから自分で確認しなさいよ。ああ、アユムはあなたのこと怖がってるから、優しくね。——じゃあね、アユム、また」

それだけ言うと、ひらひらと歩に手を振って、ジェラルドは社長室から出て行った。

ジェラルドと入れ替わるみたいにこの場に残ったレイモンは、じっと歩を見つめてくる。彼の視線が突き刺さるようで居た堪れない。

「……やはり、パーティの夜の『ユウナ』は、男だったんだな」

彼はデスクまで戻り、どさりと荒々しく椅子に背を預ける。

「社員名簿をチェックしてみて、まさか、とは思ったが……」

思った通りレイモンは、『ユウナ』と歩を関連づけて、社員名簿の写真を確認したようだ。

『ユウナ』の記憶をもとに『カワサキ』という名字の人間を検索すれば、当然、歩の写真が引っかかる。パッと見てすぐに気づくほどではないだろうが、どちらにも会ったことのある人間が疑いの目を持って見れば、ふたりが同一人物だということはわかるはずだ。

しばらく険しい顔で額に手を当てていた彼が、キャビネットの引き出しから出した紙袋を机の上にコトリと音を立てて載せる。

歩は息を呑んだ。レイモンが取り出して見せたのは――あの夜、彼に持って行かれたパンプスの片方だったのだ。

「金曜の夜、止めるのも聞かずに君が会場を出たとスタッフに知らされて、急いで戻ったが、もう君はいなかった。私のジャケットは、畳んで椅子に置かれていた。つまり君は、片方だけの靴を手に裸足で帰った……ということか」

「は、はい……すみません……」

歩は身を縮めてうつむいた。

あのとき、送ると言い出したレイモンが恐ろしかった。彼は明らかに『ユウナ』に興味を持っているようだったし、万が一にも車の中で躰に触れられたら、男だということがバレてしまうかもしれなかったからだ。

迷っている暇はなかった。形振り構わず、歩はストッキングを履いた裸足で会場から逃げ出した。幸い、ホテルの前にはタクシーが待機していた。片方の靴を手に持った裸足の歩にドアマンは驚き、靴の手配を申し出てくれたが、構わずにタクシーを呼び寄せて乗せてもらった。受付に預けたコートも、ロッカーに預けた荷物のことすら忘れ、そのまますぐに自宅まで逃げ帰った。

レイモンが深い憤りを抱いていることがわかる。痛む足を案じ、靴を買いに行ったうえに送ってくれようとした親切な彼を、自分は置き去りにした。そのうえ、女だと嘘をついて、歩は参加者を、そしてレイモンをも欺いたのだ。怒るのも当然のことだと思う。

「私は……途轍《とてつ》もなく頭にきている。女の恰好でパーティに現れて、男たちを手玉にとっていた君にも、それから、君の女装にあっさり騙された自分の愚かさにもだ」

静かな怒気を孕《はら》んだ声で、彼は漏らす。

しばらくの間、レイモンは無言だった。

肌を刺すような沈黙が痛くて、自分が靴を履いていないことや、肩を出したワンピース姿であることが酷く心許なく感じられる。胸部をきつく締めつけている下着も、普段とは異なる穿き心地の頼りない女物のショーツも、どうしようもなく落ち着かない。ジェラルドから渡されたボトルをぎゅっと手に握り込み、歩はその場にただ立ち尽くす。

少しだけ時間を置き、どうにか湧き上がる怒りを抑え込んだらしい。彼は落ち着いた声を出し、改めて尋ねてきた。

「君に聞きたい。私には、いまだに君がなんのためにあのパーティを訪れたのかがどうしてもわからないんだ。あの場所に、誰か騙してからかいたい男でもいたのか？」

「そんな……違います！」

思いも寄らない疑問を投げかけられ、歩は驚いて即座に否定した。そういえば彼には、あのパーティに行く羽目になった詳しい事情をまだ打ち明けてはいなかった。

怪訝な顔をしたレイモンは、さらに歩を問い詰めた。

「否定するが、私と顔を合わせるまでは、群がってくる男たちに悠然と微笑んで、あの状況を存分に楽しんでいたはずだ。なにも特別な思惑などなかったと言うなら、君は……単に女装が趣味のゲイということなのか？」

彼の言葉が胸にぐさりと突き刺さる。歩の躰は凍りついた。

（女装趣味の……、ゲイ……）

レイモンはただ事実を口にしただけだ。

自分のしたことを考えれば、どんな侮蔑の言葉であろうとも、甘んじて受けるべきだと思っていた。

しかし、実際言われてみると、彼の言葉は、思った以上に深く歩の心を抉った。

誰にも打ち明けられずにきた密かな性癖と、妹と計画してきたわくわくするような秘密の遊び。

その両方を辛辣な言葉で明確に指摘され、自分という人間の本質を、焼印を押すがごとくはっきりと言い当てられてしまったからだ。

レイモンの考えは間違ってはいない。あのパーティで歩は、社会的地位の高い男たちが、どうにか自分を振り向かせようと必死になることに快感を覚えていた。もし彼らに自分の正体が男だとばれたら、おそらく、いまの彼以上に激怒されることだろう。

「……不快な思いをさせて、本当に申し訳ありません……」

震える声で歩は謝罪した。激怒している様子の彼に対していま、社会の規範から外れた嗜好を知られてしまった自分にできる詫びは、たったひとつだけだ。

――言うべき言葉を口にせねばならない。

何度も言葉を呑み込み、思い切って無理やり口を開く。

「お詫びにもなりませんが……私は、きょ、今日限りで、アルタイルを……退職、させていただきたいと思います……」

震える声で必死に言い切った瞬間、じわりと目が潤んだ。

新卒で入社してから六年。これからもずっとこの会社に勤め続けていくのだと思っていた。やりがいを感じていた仕事を、まさか勤務時間外のあんな浅はかな戯《たわむ》れから失うことになるなんて。

涙で歪んだ視界に、ぎょっとしたような社長の顔が映る。

「おい、ちょっと待て。私は――」

なにか言いかけた彼の言葉を聞いていられず、歩はぺこりと頭を下げる。このままここにいたら、情けないことに社長の前だというのに泣いてしまいそうだった。

あの夜と同じように、一刻もはやく彼の前から逃げ出したい。

たとえ彼が蔑む女装が好きなゲイであっても、人に迷惑さえかけなければ生きる資格ぐらいはあるはずだ。心の中ではそう思っているのに、これ以上非の打ち所のない彼によって断罪されていると、今後生きていく気力さえも失ってしまいそうだ。そのくらい、いまはただ、自分という人間が恥ずかしくてたまらなかった。

社長の机に背を向けて、震える手で急いでハンガーにかけたスーツやワイシャツを外す。

そのとき、ガラスに映った女の恰好をした自分の姿にハッとした。

この恰好のままでは帰れない。部署に戻り、自席を片づけて、それから――辞表を書いて、部長にメールをしておかねばならないというのに。

どこか人目につかないトイレででも着替えなくては、と動揺しつつも歩は脱いだ服を纏めて手で持った。ドレスには似合わない革靴も持つ。失ったものの大きさに打ち拉《ひし》がれながら、ストッキングを履いただけの裸足で、社長室を出て行こうとする。

引き留めるように手が伸びてきて、唐突にぐっと強い力で腕を掴まれた。

そのまま強引に引き戻され、手に持っていたスーツや靴をぽいとソファに放られる。

「な……っ!?」

逃がさないためにか、ウエストを掴んで軽々と抱き上げられた。

細身ではあるが、男の歩を造作もなく抱え上げて、彼は部屋の奥まですたすたと歩く。

まさかの社長室のデスクの上に座らされ、涙で目元を濡らした歩は混乱して彼を見上げた。

歩の膝のそばに手をつき、怖い顔をしたレイモンが視線を合わせてくる。

見上げるほど長身の彼が少し屈む。デスクに腰を下ろしている状態の歩は、やっと彼と目の高さが同じくらいになった。

「待て、と言っているだろう。だいたい私は君に会社を辞めろなどとは一言も命じていないじゃないか」

「で、ですが……っ」

半泣きの顔を見られたくなくて必死に顔をそむけていると、顎をぐっと掴まれて彼のほうへと向けられた。

ひくっ、と嗚咽した歩の涙の滲んだ目尻を、彼がそっと指で辿る。

思いの外優しい手つきで溢れかけた雫を拭い去り、彼は歩の目を間近から見据えた。

「なぜ、あのパーティに女装して来たのか、理由を教えてくれ。でないと……欺かれて君に興味を惹かれた私は、気持ちの持って行きどころがないんだ」

戸惑いを映した目で問い質され、歩は覚悟を決めてぽつぽつと語り始めた。

似た顔立ちの妹から、都合で行けなくなったパーティのチケットを譲られた。妹は化粧品の販売員で、普段から自分はメイクの練習台として協力していた。その妹から女装して参加することを勧められ、つい自分もノってしまったこと——。

これまでの経緯を、たどたどしく、だが、できるだけ誤解のないように説明する。

しかし、すべてを正直に打ち明けても、彼はまだ腑に落ちない様子だった。

「……じゃあ君は、本当は女装趣味もなく、男が好きというわけでもない、ということか？　それにしては、やけに女の服に馴染んでいたし、私の目には、男たちに言い寄られてずいぶん生き生きしているふうに見えたが」

謎だというように尋ねられて、急に恥ずかしくなった。彼はいったいいつから、あの場で女の振りをして振る舞う歩を眺めていたのだろうか。

「それは……、その……社長のおっしゃる通り、ですから」

「なにがだ？」

「女装、は、望んで始めたわけではないですが、女性物の服を着ると、気持ちが高揚するのは確かですし……それに、その、俺は……」

女装を楽しんでいたというところまでは言えたものの、自分の恋愛対象が男であるという事実は、これまでの人生で誰にもはっきりと告白したことがない。どうしても言葉にし難くて、無意識のうちに口が重くなる。

「――男が、好きなのか？」

言葉に詰まっているところを察したのか、ストレートに尋ねられる。視線を彷徨わせて躊躇っていると頤《おとがい》をぐっと掴まれた。「答えろ」と言って、無理に視線を合わせて睨まれる。

眼光鋭い琥珀の目に射貫かれて、竦み上がる。

もういまさら、彼にはなにを隠しても無駄だと悟った。

「は、い……」

喘ぐように返事をすると、彼の秀麗な眉が深く顰められる。

歩の視線を無理やり捉えた彼の瞳は、俄かに苛立ちを見せた。

ジェラルドにグロスを塗られた唇を、太い指で端からゆっくりと辿られる。

無意識に歩の躰はぶるっと小さく震えた。

「この小さな唇に、男のモノを銜えていやらしく舐めたり、尻に挿《い》れさせることを許している……というわけか」

怜悧な美貌にそぐわないレイモンの卑猥な物言いに驚いて、目を瞠る。次の瞬間、羞恥でかあっと頬が熱くなった。

性的指向がゲイだと認めたことで、彼は当然、歩には男との経験があると誤解しているようだ。実際は、キスすらしたことがない童貞だというのに。

「し、してません、そんなこと……っ」

必死の否定は「嘘をつくな」と一蹴されてしまう。

（ゲイだけど……でも、なにもしたことないって、どうしたら信じてもらえるんだ……？）

レイモンの頭の中の自分が、どんな奔放な生活を送る男好きのゲイになっているのかと思うと、眩暈がする。だが男の自分が未経験であるなんて証明のしようがない。

しばらく考え込む様子で、レイモンは黙っていた。

このまま待っていろと言い置き、彼は歩を座らせたまま、デスクの向こう側に回ってからなにかを持って戻った。

箱を開けて包んでいた薄紙を開くと、そこには一足の靴が入っている。どうやら新品のようだ。

「……これは、あの夜、足を痛めていた君のために、すでに閉店していたブティックを開けさせて買ってきたものだ」

そう言うと、彼は箱から靴を取り出し、デスクに腰かけさせた歩の足を取った。

「あ、あの……」

予想外の行動に動揺するが、この状況では逃げるわけにもいかない。

戸惑う歩の両足に恭しく靴を履かせて、彼は足首のストラップを丁寧に留める。女子社員たちを騒がせていた社長にこんなことをされているところをもし見られでもしたら、椿谷あたりは卒倒してしまいそうだ。

どうだ、と尋ねられて、躊躇いながら「……ぴったりです」と歩は答える。

通販で買ったあの夜の安物の靴とは、まったく違う履き心地だった。

エナメル素材の優美な靴は、本革なのか足に吸いつくようにフィットしている。上品な濃いめの色のベージュはどんな服にも合うし、足首を留めるストラップは足をかたち良く見せていて、ヒールが低めで歩きやすそうだ。

礼を言うべきか、それとも改めて、あのとき逃げたことを謝罪するべきか。悩んでいる歩を前に、レイモンは独り言のように漏らした。

「……やはり、ジェラルドの言うことなど聞かず、君の着替えをこの目で確認するべきだった」

おずおずと顔を上げると、彼は眉をきつく顰め、苦しげな目で歩を睨むみたいに見つめてきた。

「馬鹿馬鹿しい話だが、女装した経緯を本人の口から詳しく説明されたというのに、私はいまだに君が男だと信じられずにいる。スーツ姿もこの目で見た。男である、ゲイだと、君自身が断言しているにもかかわらず……」

それほどまでに、彼は『ユウナ』を気に入っていたのか。そう思うと、騙すことになってしまった自分に強い罪悪感を覚えた。

「ユウナ……いや、歩」

初めて本当の名前を呼ばれて、歩は目を瞠った。

大きな手が伸びて、首筋を撫でてくる。一瞬びくっとしたが、彼の手を拒まずにいると、長い指が首に下りてきて、そっと喉のかたちを辿った。

「喉仏は、ほとんどない……肌は、女みたいにすべすべだが……」

緊張しつつも大人しくしていると、彼の大きな手は歩の肌を確かめるように撫でながら、鎖骨のあたりまで下りてきた。

「この膨らみは、いったいなにを詰めているんだ？」

怪訝そうに丸みを帯びたドレスの胸を指差される。

「あ、あの、ジェラルドさんが、その……ヌーブラを」

不服そうに片方の眉を上げると、レイモンは突然、歩のささやかに盛り上がった胸元にぐっと手を差し入れてきた。

「わっ⁉」

びっくりして止めようとしたが、それより素早い彼の手に、両胸を膨らませていたヌーブラを強引に引き抜かれてしまう。

「こんなものを入れていたのか」と、呆れた声音で言われて、恥ずかしさに歩は顔をうつむかせる。望んでしていたわけではないのに揶揄されるのは納得いかないことだ。

しばらく分厚いヌーブラを手にしていた彼は、なにを思ったか突然、歩のドレスの左肩部分をぐいっと腕まで引き下ろした。

「しゃ、社長⁉」

一緒に下着も下ろされ、引っかかる膨らみもとくにないために、薄い胸板と小さな乳首までもがあらわになる。

「胸は……ああ、本当に小さいな。乳首は淡いピンクか……こら、なぜ隠そうとする。私は真剣なんだ、ちゃんと納得いくまで確認させろ」

反射的に隠そうとした腕をうるさそうに退けられる。そう言われると、隠すほうがいけないような気がして、ぎくしゃくと腕を下ろすしかなくなってしまう。

男なら、上半身は見られても恥ずかしくはない場所のはずだ。しかし、下に水着を着て上半身裸というならともかく、全身を女装姿で固めたままドレスを脱がされかけたいまの状態は、歩の羞恥心を酷く煽った。恥ずかしさで身を硬くする歩にも構わず、脱がせた薄い上半身をしげしげと眺めて彼は囁く。

「女ならかなりの貧乳だ。サイズは……ＡＡカップくらいか」

少し掠れた声で言い、彼はあらわになった歩の胸元を確かめるように大きな手を這わせてきた。驚いて身を竦めるが、確認するまで逃がしてもらえないことはもうわかっている。

(確かめる、だけだから……)

薄い胸筋に、女のかけらがないかと探すみたいに、彼の熱い手はゆっくりと胸を揉む動きをする。まるで、自分がすごく胸の小さな女になったみたいな気がして、変な気分になってくる。慌ててその考えを打ち消そうと、歩は必死で意識を胸から逸らすことに努めた。

「ん……っ」

妙な感覚がして慌てて視線を向ける。すると、小さな胸を揉んでいた彼の指が、なぜか薄い色をした歩の乳首に触れていた。偶然かと思ったが、違った。彼は両方の親指で捏ねるみたいにして、ゆっくりと小さな尖りを揉み込んでくる。それを続けられると、次第にじんと淡い疼きが湧いてくる。こんなふうに、他人に乳首を触られたのなんて初めてだ。じわりと躰の奥から湧き上がってくる謎の感覚をどう受け止めていいのかわからず、歩は必死にそこから目を逸らして唇を噛んだ。

「ぷっくり立ってきたな……小さいが、すごくいやらしい乳首だ。すぐに硬くなって、私の指を押し返してくる……」

わずかに上擦った声で呟きながら、彼が顔を近づけてくる気配がした。まさか、と思ったときには生温かい感触が触れ——あろうことか乳首に口付けられていた。

「な、なにするんですか……、しゃ、社長っ、——あっ⁉」

慌てて彼の額を押し返そうとすると、その手を掴まれて押し退けられたうえ、腹いせにか軽く歯を立てられた。

「こら、動くな。私はまだ君が女じゃないと納得していないぞ」

口に含んだまましゃべられて、むず痒い感覚にぶるっと躰が震える。

彼はしつこかった。片方の手でやすやすと歩の両手を纏めて抵抗を阻み、もう一方の指先で小さな乳首を無理につまみ上げてくる。熱い唇は乳首に吸いついたまま、ちゅっ、ちゅっと音を立てて執拗に吸い上げる動きを繰り返す。

「う——……っ、や……ぁ」

湿った咥内で滑る熱い舌にじっくりと転がされると、感じたことのない痺れがぞわぞわと背筋を走った。

逃げたくても逃がしてもらえず、半裸にされた歩は、背筋を丸めて必死に淫らな刺激に耐えるしかなかった。

「……気持ち良くないか？」

いい、などと正直に言ったら、やはり女だと言い出されそうで、歩は必死にぶるぶると首を横に振る。感じていないと言えば、許してもらえるのではないかという期待は、あっさりと裏切られた。

「あ……っ!?　や、や、だ……っ」

余計にしつこさを増した彼の唇と指がふたたび両方の尖りを覆う。きつく吸われ、指先で抓まれると、こりこりに立った乳首が腫れたようにじんじんした。半泣きでもがいても、彼の手は緩まず、延々と嬲《なぶ》られ続ける。

すっかり息が上がり、もう許してほしいと思ったが、哀願してもレイモンは歩の小さな胸を弄り回す手を止めてはくれなかった。

視線を彷徨わせると、ワンピースを脱がされかけた自分の薄い胸と、充血した乳首にむしゃぶりついている端正な顔が目に入る。触られているのは胸と腕くらいのものなのに、小さな尖りを刺激されると、次第にえもいわれぬ感覚が背筋を駆け抜け、脚の間がじわっと熱くなってくる。

(な、なんか、躰が変……)

女装のままで胸を弄られる倒錯的な状況で、さきほどから、躰が異様に過敏になっている気がする。

一瞬、ジェラルドにもらったサプリのことが頭を過《よぎ》った。だが、躰の感度を上げるような薬を、まさか本人に説明しないで呑ませるわけがないと必死に否定する。

息も絶え絶えになった歩の顔を見上げて視線を合わせたまま、つんと硬く立ち上がった真っ赤な突起を舌先でねろりと舐めてから、彼はやっと顔を離す。

「顔が真っ赤だ……泣くほど良かったのか？　なんて感じやすいんだ。そんな可愛い反応を見せられると、もっとしたくなってしまう」

恐ろしいことを呟き、彼は目尻に涙を滲ませた歩の目元にそっと唇を落とす。

優しい口付けに、彼はきっと恋人にはこんなふうにキスをするのだろうと想像して、動揺した。彼が恋人とどうしようと、歩にはまったく関係のないことなのに。

こめかみや額に何度もキスを落としながら、彼の手が突然するりとスカートをたくし上げ、中に入り込んできた。驚いて息を呑む歩に構わず、その手は脚のつけ根あたりを容赦もなく探ってくる。

「濡れているな……もう、ぐしょぐしょじゃないか」

くすりと喉の奥で嬉しそうに笑われて、恥ずかしさで頬が発火したのではないかと思った。

「わっ、だ、だめです……っ！」

慌てて押さえようとしたが、遅かった。彼の手がスカートの裾をぐっと捲る。

一瞬目を瞠る気配がして、死んでしまいそうな羞恥に襲われた。

「さすが、ジェラルドはいい選択をする……まさか、貞淑そうなスカートの下に、君がこんな淫らな下着を着けているとは思わなかった」

そう言われて、狼狽えながらも歩はおずおずと自らの股間に目を向ける。

総レースの薄く繊細なショーツは、もともとの面積が少ない。そのうえに、もはやほとんど下着としての役割を成してはいなかった。

薄いピンク色の小振りなペニスはすっかり昂ぶって、押さえつけるレースの中で苦しげに上を向いている。いつの間にこんなに濡らしたのか、いつになくたっぷりと溢れた先走りで、下着どころか足のつけ根のあたりまでじっとりと湿っている。信じ難いくらいにいやらしい光景だった。

しかし、さすがにこれを見れば彼も、歩が男だということはわかってくれたはずだ。ホッとしたのに、どこか空虚な気持ちにもなった。おそらく嫌悪感を抱かれ、すぐに解放してもらえるはずだ――彼はゲイではないのだから。

「胸だけでこれほど濡らしているとは、君はずいぶんと敏感な躰をしているようだな」

聞こえてきた声に歩は目を瞬かせた。なぜか彼は冷めるどころか、さらなる興奮を秘めたささやきを歩の耳に吹き込んでくる。

「それとも、男に触れられると、相手が誰でも簡単にこうなるのか……？」

非難するみたいに囁かれて、目を伏せて顔を横に振る。スカートの裾を下ろして濡れた淫らな下着を隠したい。けれど、隠させてもらえないどころか、逆に「ほら、もっと持ち上げて、裾を持っていろ」と言って、裾を自ら胸元で捲り上げて持つよう命じられる。

「できれば縛ったり、無理やりにはしたくない。君が本当に私にすまないと思っているなら、なにひとつ隠さずに全部を確認させるんだ」

「そんな……」

そう言われて、歩は絶望した。これで、躰を隠す自由までをも奪われてしまったからだ。

彼は下着の上から、性器のかたちを辿るようにじっくりと指でなぞってくる。

わずかな刺激も、レースに包まれた性器は過敏に感じ取り、ぴくぴくと震えている。

しばらく焦らすように指で触られる。

抗いをゆるされない歩は、ただ目を背け、自らの肩に顔を埋めるようにして彼の与える刺激を必死でやり過ごすしかない。

ふいにくすぐったい吐息が内腿を掠め、ハッとする。彼はあろうことか、歩の変化しかけたその場所に、顔を近づけようとしていた。

「やっ、やめてください……っ！」

驚愕して止めようとするが、逆に膝を掴まれて残酷なほど大きく開かされてしまう。

「なぜだ？　いつもここを、男に触らせているんだろう？　その可愛らしい顔で、狙った雄を誘い込んで」

不満げな彼に、下着のウエスト部分をずらされる。そこから覗いた鋭敏なピンク色の先端を指で捏ねられて、歩は思わずびくんと仰け反った。

「ん……っ」

レース越しの睾丸をそっと押し揉んだ彼は、裏筋を見せて苦しそうに勃ち上がっている歩の小さめのペニスに口付け——信じ難いことに、つけ根からねっとりと舐め上げてきた。

「あ……、あっ⁉　やっ、いやっ」

生まれて初めて、舌で愛撫を受けた。熱い舌でねろねろといやらしく舐め回されると、強烈な刺激に、その部分から躰がぐずぐずと蕩けていってしまいそうだった。拒めないほど気持ちがいい。未知の感覚に混乱して、歩は涙目でがくがくと首を横に振る。

「初々しい色で未開発に思えるのは、愛らしい化粧と同じでそう装っているからか……」

忌々しげな響きで呟きながら、彼は罰を与えるように、睾丸をぎゅっと握る。

「ひ、あ——っ」

快感に浸り切っていた躰に急激な痛みを与えられて、歩はびくんと身を強張らせる。一気に上り詰め、熟れた色の先端からぴゅくぴゅくと白い雫が溢れ出していく。

「イったのか……ずいぶん濃いな。最近は、誰にも可愛がってもらえていないのか？」

彼は揶揄しながら、達する歩の性器を下着越しにぐっと掴む。雄の指が射精を助けるみたいに、レース越しに下から上へとぐいぐいきつく絞り上げる。

射精中の敏感なペニスへの過剰な刺激に、全身が微電流を通されたみたいにがくがくと震える。なにをされるのか怖くて、彼の腕に手をかけて、歩は必死で許しを乞う。

「い、痛……ゆるして……ごめんなさい、俺……っ」

「俺ではなく、『私』だろう？」

からかう口調で言い、彼は剥き出しになっている歩の腫れた乳首を指先できゅっと捩じる。

「んっ」

彼が揶揄するのも当然だ。

女性の恰好でスカートをまくり上げられ、レースのショーツ越しに昂ぶりを舐められて歩はイってしまった。恐ろしく倒錯的な状況に、震えるほどの興奮を覚えた。

(信じられない……)

自分の中に、まさか、こんな行為で悦びを覚える性質があったなんて――。

下腹や下着がぐっしょりと濡れていて気持ちが悪い。脱ぎたいと思うが、彼の前ではそれもままならない。

「さっきから、なにを握っているんだ？」

訝しげに尋ねられ、スカートの裾を持つ掌に握っていた、小さなボトルを奪い取られる。

「あっ、それは、ジェラルドさんが……」

慌てて説明すると、はちみつ色のボトルを眺めた彼がからかう微笑を消した。

「ジェラルドに頼んで、もらったのか？」

「え？　違……っ」

否定しようとしたとき、唐突に彼が手を伸ばしてきて、歩が着けている下着の股部分をぐっとずらされた。ペニスはまだかろうじて隠れているが、睾丸の片方と後孔があらわになる。

驚いて脚を閉じようとすると、焦れた彼が強く下着を引っ張り、繊細なレースは簡単に裂けた。呆然としている間に足から抜かれて足元に捨てられてしまう。

「——脚を閉じるな」

低い声で命じてきた彼が、歩の膝を強引に開かせる。なにも隠すもののない股間をしげしげと眺め、信じ難いことに後ろの孔に指で触れてきた。

「な、なんで、そんなところ……っ？」

動揺して腰でいざって背後に逃れようとした。そこは、誰にも触られたことのない場所だ。しかし、「私の怒りはまだ解けてはいない。これで終わりではないぞ」と脅すみたいに言われて、無理に腰を引き戻されてしまう。

端正な美貌に似合わない獰猛なレイモンの行動に戸惑う。

彼が怖くて、歩は怯えのあまり逃げようとする動きを止めた。

それでいいというみたいに歩を睨んでから、彼は丹念にその場所を眺め始めた。

「きゅっと閉まっている……それに、愛らしい色だ。いつも男の性器を銜え込んでいるとは信じられないな」

恥ずかしい蕾をじっくりと弄るような視線で犯しながら、歩が零した雫を擦りつけるみたいにして、彼はぬるぬると指で撫でてきた。

「ふ……ぅ」

ぞくぞくするような感覚を堪える。ふいに、そこを撫で回していた指が、ぐっと押し込む動きを始めて息を呑んだ。

「あっ、あ……っ」

「狭いな……」

そう言うと、彼は歩から奪った小さなボトルを開け、中のとろっとした液体を指に垂らす。その指を尻の孔に宛がわれて、驚愕する。

ジェラルドがいったいなにを危惧してこれを自分に渡したのかを、歩はやっと理解した。どうやらこれは、セックス用の潤滑剤だったらしい。そんなものを握っていた歩を彼が更に誤解しただろうと思うと、動揺と羞恥で目の前が真っ暗になった。

「いい感じだ。これなら、痛くはないだろう？」

くちくちと粘液を捏ねる音を立てて、彼は歩の小さな蕾に強引に太い指を差し込んでくる。

指はすぐ二本に増やされた。内部に粘液を塗り込むというより、なにかを探るみたいに中を掻き回されて、強烈な圧迫感に歩は身を強張らせる。

苦しさに胸を喘がせる歩を見る彼は、酷く発情した雄の顔をしていた。

これ以上、なにをされるのかが怖くてたまらない。もう男かどうかの確認ならじゅうぶんできたはずだ。

膝を開かされ、尻の横に手をついて躰を支える体勢が辛い。

「三本は挿れておくべきだな……」

いまでさえ呑み込まされる指に必死に耐えているというのに、ぬぷぬぷと尻の孔に抽挿をしてくる彼の指が、もう一本増やされた。歩は半泣きで首を横に振った。

「い、いやだ、もう……っ」

無理なところに挿れられて苦しいのに、内部を擦られると、妙に感じる場所がある。そこを触られたくなくて、指を抜いてほしくて歩は彼に懇願した。

「嫌がっているのは口だけだろう。見てみろ、君の躰はまた悦んでいるじゃないか」

言われて視線を彷徨わせてみて、目に映ったものにカアッと顔が熱くなった。

一度達したはずの歩の性器が、ふたたびゆるく上を向いていたのだ。

「尻の孔も、私の指を美味そうに銜え込んでいる。奥まで塗ってやったジェルをいやらしく垂らして……はやく男のモノを挿れてほしいと強請《ねだ》っているようだ」

辱める言葉で攻め立てられ、歩の目尻から涙が溢れた。ゆっくりと指が抜かれる。

「あ、……っ」

ずっと後ろに指を入れられていたので、唐突に圧迫感がなくなってホッとすると、歩は手で自分の躰を支えていることができなくなった。がくがくとした動きで、どうにか机の上に横たわる。

一度達したが、身を起こしていることすら困難なほど躰が熱くて重い。

(なにか、変だ……)

この違和感の原因がなんなのか、困惑したまま視線を彷徨わせていると、スーツのジャケットを脱ぎ捨て、ネクタイを緩めた彼が、机の上に横たわった歩に伸しかかってきた。だるい躰で後退ろうとした足首を掴まれ、デスクの上にあおむけにされた。片方の脚を大きく広げられる。

「え……？」

ハッとすると、尻の狭間に熱いものが擦りつけられた。見ると、スラックスの前を寛げた彼が、濃い色に充血した逞しい性器の根元を握り締めている。

乱れたシャツ姿のレイモンは、すでにさきほどまでのエリートビジネスマンの顔を脱ぎ捨てていた。それどころか、欲情をあらわにした顔は、いまにも喉元に食いついてきそうに腹を減らした野獣に見え、歩は怯えに身を竦めた。彼の目は余裕をなくし、獲物の歩を食い入るように射貫く。滾って膨らんだペニスの先端で、からかうように歩の濡れた会陰をぴたぴたと擦った。

「私ももうそろそろ限界だ。ほら、ずっと欲しがっていたモノをくれてやる」

「あ……、だ、だめ……っ!!」

起き上がろうとした肩を机に押しつけ、彼は無理に歩の後孔に挿入しようとしてくる。擦りつけられている熱の塊が雄の性器だとわかり、歩は強烈な混乱に陥った。

このままでは、本当に挿れられてしまう。形振り構わず逃げようとしたが、おたおたともがくばかりで足腰は自由に動かない。逞しい腕に抵抗を阻まれ、硬く滾った昂ぶりを濡れた後孔にゆっくりと押し込まれた。

「ああ、ア……――っ！」

ずぶずぶと内部を押し広げてくる楔《くさび》は、信じられないぐらい大きかった。

すべてが入る前から、待ちきれないというみたいに、躰ごと揺すり上げてぐちゅぐちゅと尻の孔を酷く犯される。

胸元をあらわにされ、裾を捲り上げられた高価なドレスは、歩の腹のあたりに絡まり、もはや肌を隠す役割を果たしていない。しかも、いつの間にか、片方のパンプスは脱げ、もう片方の脚はストッキングが破れてしまっている。

「ん……っ、う……っ、うぅ……っ」

散々な状態のはずなのになぜか解放はされず、何度か挿れ直され、ついに根元まで呑み込まされた。彼のモノで限界まで拡げられた後孔がじんじんして焼けるみたいに熱い。ショックを受けている顔を真上から覗き込まれ、歩は必死に嗚咽を呑み込もうとする。

「そんなに怯えるな……少し、酷かったか？　だが、いつもは男相手に喜んでしていることだろう？　もしかして、久し振りなのか？」

困惑したみたいに見当違いの質問を投げかけられて、歩は泣き顔をさらに顰めた。

「ち、違う……っ、も、抜いて……っ」

泣きじゃくりながら、必死で首を横に振る。伸しかかってくる男の硬い胸板を、力の入らない手で必死に押し返そうとする。

すると、困り切った様子のレイモンは、その手を取って、逆にきつく握り締めてきた。そのままデスクの上に押しつけられ「泣くな」と言われて整った顔が近づいてくる。

「んんん……、んぅ、う……っ」

突然、唇を押しつけられて目を見開く。ぬるりと舌が入り込んできて、歩の強張った舌を宥めるように搦め捕る。胸の尖りや脚の間の昂ぶりは舐められたけれど、口付けをされたのはこれが初めてだ。

なぜ、キスなどしてくるのか。歩の涙を見て、彼はぴったりと深く繋がったまま、腰を動かさずにあやすような口付けを繰り返す。

顔を背けようとしても許してもらえず、大きな手で顎を掴んで、執拗に唇と舌を吸われる。男の舌を喉の奥まで呑まされて、無防備な咥内をねっとりと探られていると、どうしても躰に力が入らない。

「んぅ……、ん……ン」

濃厚な口付けに、酸欠になりそうなほど酔わされる。その間も、蕾を深くまで押し広げる凶器のような彼の楔が、中でどくどくと脈打っているのがわかる。

躰を重ねられているせいで、少しでも身動きすると、剥き出しの歩の胸の尖りが彼のシャツで擦れる。同様に、萎えかけていた歩のペニスも、彼の硬い腹筋で押し潰されていて、次第にもどかしい感覚が芽生えてきた。

躰の下で、ずっとぐったりしていた歩が、かすかに身を捩ったことに気づいたのか、彼がかたちのいい口の端をにやりと上げた。

「馴染んできたな……いいところを突いてほしくなったんだろう？　男好きな蕾が、私の性器に甘えるみたいに絡みついてくる」

美しい顔に興奮を滲ませた嘲笑を浮かべながら、レイモンはゆっくりと腰を動かし始めた。

「や……っ、んんん……っ！」

一気に引き抜かれて、ふたたび根元までずぶずぶと押し込まれる。腰を捩って抜こうとしたが、上背のあるしっかりとした体躯に押さえつけられたうえ、昏まで押しつけられていては、逃げるどころではない。

しかも、やけに感じる内部のある一点をわざと抉るような動きで擦られて、そのたびに躰の力が抜ける。

「また勃ってきた……尻が気持ち良くなってきたか……？　それとも、私にキスされるのが好きか……？」

囁きながら、彼はストッキングに包まれた歩の膝に口付けた。舌でちろりとそこを舐められて、肌が粟立つ。

「はぁっ、はぁっ、違う……っ」

涙目で伸しかかる男を必死に睨むと、なぜか彼は真顔になった。琥珀色の目に凶暴な光が宿り、ふたたび深く伸しかかられて、齧りつくみたいに荒っぽい口付けで咥内を蹂躙《じゅうりん》される。

「うぅ……っ、ああ……っ、や、あ……っ」

苦しいくらいに脚を開かされ、雄の膨らんだ性器が、歩の狭い蕾を残酷なまでに擦りたて始めた。ぐちゅぐちゅと鼓膜に響く音を立てて何度も突き立てられる。強い視線が真上から歩の表情を舐めるように見つめていて、羞恥で涙が溢れた。

汗と涙で化粧はボロボロだろう。押し倒されたことで、ウィッグだってずれているかもしれない。乱れ切った女装は醜いもののはずなのに、彼はいつまでも歩を離さず、硬い性器で後孔を穿ち続ける。

しかも、触られてもいないのに、自分のペニスはまた性懲りもなく上を向いている。必死にそこから意識を逸らそうとするけれど、どうしてか中を擦り立てられると、前が自然と兆して淫らな雫を垂らしてしまう。

「あ、あ……、あ……ン……っ」

いつしか、歩は自分が甘い声で喘いでいるのに気づいて驚愕した。

嘘だ、と思うのに、太いもので奥をぐりぐりと突かれることで、躰は確かに快感を覚えている。初めてで、しかも無理やりされているにもかかわらず——こんなことは、有り得ない。

「あっ……！」

歩の変化に気づいた彼に、昂ぶった性器をぎゅっと握り込まれた。息を呑むと、激しくなった後ろを突く動きに合わせて、前を無造作に扱かれる。

頭の中が真っ白になって、歩の躰が強張った。

「ううぅ……ん……ッ」

尻の中に雄を突き込まれたまま射精をするのは、初めてだった。

狭い後孔を硬い雄で擦り立てられ、大きな手で昂りを痛いくらい絞られて達する。

震えるペニスから二度目の蜜を溢れさせながら、半ば朦朧とした歩は蕾の奥に叩き込むようにして白濁を注ぎ込まれていた。


気づくと、デスクではなくソファのほうに寝かされていた。

彼――レイモンが自らの手で、温かいタオルを使い、半裸の歩の躰の汚れを拭き清めているのが目に入る。躰が鉛のように重い。まだ夢の中にいるみたいな気持ちで、歩はただぼんやりと彼を見上げていた。

「……もう一度言っておくが、会社を辞める必要はない」

歩が目を開けたことに気づくと、目を覗き込んでレイモンが言った。

「姿を消した『ユウナ』の正体が男だったとわかったあとは、怒りのあまり君を呼び出して、態度によっては、知り合いが経営する女装ホステス専門のクラブへの再就職を勧めてやろうかと思っていたほどだったが……」

女装ホステス、という言葉に歩はぞっとした。女装で接客することを仕事にするのは、お見合いパーティで戯れに女の恰好をするのとはわけが違う。やはり、そんなことを思いつくほど、レイモンは怒っていたのだ。

怯えに視線を伏せると、彼の親指が頤に触れてそっと自分のほうを向かせる。促されて、おずおずと歩は顔を上げた。

「だが……君の仕事ぶりを知って考えが変わった」

天井のライトを背に、真面目な表情で見下ろしてくるレイモンと目が合う。

「細かくチェックさせてもらったが、担当ブランドはすべて地道に売り上げを伸ばしているし、取引先からの評価もすこぶるいいようだ。プライベートの私怨で辞めさせるにはもったいない」

(もしかして……褒められてる、のか……?)

意外な彼からの評価に、歩はまだ潤んでいる目を瞬かせる。その目元を指先でそっと拭うと「そこで──君には、別の詫びをしてもらいたい」とレイモンは囁いた。

なにやら含みのある言い方だ。

だが、自分に拒否をする資格がないことだけはわかっている。

いったいなにを要求されるのかわからず、怯えを隠せない歩を面白そうに眺め、彼はにやりと口の端を上げた。

有名ブランドショップの本店や旗艦店が軒を連ねる都心の大通りの一角に、今夜は人だかりができている。

真新しいジュエリーショップのエントランスには、祝いの花が溢れんばかりに飾られて客を迎える。招待状のドレスコード通りに着飾った多くの人々で、こんな時間だというのに店の中も外も、まるで花が咲いたように華やかだ。

アンティークもののインテリアで纏められた二階建ての店内には、指輪やネックレスがあちこちに展示されて輝きを放ち、訪れた招待客の目を楽しませていた。

今夜はこの店舗で、日本初進出のジュエリーブランドのレセプションパーティが行われている。欧米ではすでに名の知れたブランドで、世間の注目度も高い。

注目の新進女優がテープカットをしたオープニングセレモニーには、定時後に出席を命じられた歩の準備の都合で、残念ながら間に合わなかった。ついさきほど店に到着したレイモンと歩のふたりは、招待客で溢れるフロアにまだ足を踏み入れたばかりだ。

しかし、入り口のスタッフからすぐに知らせがいったようで、探すまでもなく、光沢のあるシルバーのドレススーツを着崩した男性が慌てた様子で姿を見せた。

「レイモン！」

眼鏡をかけた人好きのする雰囲気の男性は、レイモンに嬉々として抱きつき、頬をくっつけている。ふたりが肩を叩き合いながら笑顔で話しているのは、どうやらフランス語のようだ。もちろん歩にはさっぱり意味がわからない。

タキシードを着たレイモンのほうも、珍しく屈託のない笑顔で今夜の主役である彼を抱き返している。意外なほど仲が良いようで微笑ましい。

この店のデザイナー兼オーナーであるジョスランはレイモンとは幼馴染で、大人になってからは仕事上でも付き合いのできた友人だと聞いている。

積もる話があるのか、ジョスランは必死で彼になにかを訴えている。

その途中で彼は、ふとレイモンの斜め後ろにいる歩に目を留めて、言葉を切った。ジョスランが口を開く前に、微笑んだレイモンがこちらを振り返り、手を差し伸べてくる。

「ジョス、彼女は私の連れのアユムだ。アユム、こちらは話してあった友人で、今日の主役のジョスランだよ」

「初めまして、ジョスラン・ルロワです。お会いできて光栄です」

親日家だとは聞いていたが、どうやら彼は日本語が話せるようでホッとする。少しだけイントネーションに癖があるけれど、意思の疎通さえできればじゅうぶんだ。

笑みを浮かべながら礼儀正しく手を出される。レイモンのときとは異なり、ハグまでは求められなくてホッとした。すぐにはばれないと思うが、すべてを知っているレイモン以外の男にはできるだけ触れられたくない。歩はジョスランの手を握り返し「初めまして、アユムです」と笑顔を作った。

今夜の歩の装いは、レイモンが出資するブランド、ドレサージュの新作だ。

カラーはわずかに紫がかったワインレッドで、首周りには提供されたジョスランのブランドのゴージャスなネックレスが輝いている。顔には笑みを貼りつけているが、オフショルダーなデザインで鎖骨から胸元までが大きく露出しているのに内心ではハラハラしている。しかし、今夜もまたメイクをしてくれたジェラルドがヌーブラと胸パッドを駆使して谷間を作ったうえ、「全力で裾を引っ張られない限り、ちょっとやそっとじゃ脱げないから大丈夫！」と太鼓判を押してくれたので、それを信じるしかない。


妹の振りをしてお見合いパーティに参加したあの日から、一か月ほどが経っていた。

ジェラルドにメイクされ、そのメイクとドレスをレイモンによって滅茶苦茶に乱された、翌日。定時直前に、ふたたび歩は社長室に呼び出された。

用件は、『今夜は私の個人会社と取引のある展覧会に招待されている。そこで、君に一緒に行ってほしい』という頼みだ。

建前上、依頼に聞こえる言い方をしているが、ハンガーには、すでに昨夜とは異なるドレスがかかっている。さらにソファの上には新たな下着類、テーブルの上にはウィッグと、女に変身するための一式が用意されているのが目に入った。

――つまり。彼は、メイクをし、女物の服を纏った姿で同伴しろと言っているらしい。

『公の場に同行させられるような女性を探していたんだ。ちょうど、君のような』

愕然とする歩に、至極当然のような顔をしてレイモンは言った。

驚きに言葉も出なかったが、『なんで俺が？』という疑問は顔に出ていたらしい。

『ひとりで表に出ると、いろいろとやっかいなことが多い。面倒から免れるためにその場限りで適当な相手を選んで連れていても、釣り合いがどうだと周りがうるさくてね。その点君なら根性も座っているし、見た目的にも文句を言ってくる者はまずいないだろう。素性を聞かれたら、私の個人秘書だとでも言っておけばいい。ああ、今夜の催しにアルタイルの関係者はいっさい来ないから心配はいらない』

説明を聞くところによると、どうやら歩は、〝後腐れなく使える同伴者として適当である〟ということらしい。

レイモンの説明はまったく納得できるものではなかったが、拒む権利は歩にはなかった。なぜなら、彼は頼んでいるのではなく、命令しているからだ。

万が一断りでもしたら――さらに別の詫びをしなくてはならない。

〝退職とは、別のかたちの詫びをしてもらう〟

詫びのために会社を辞めようと申し出たとき、彼からそう言われてはいた。

けれどまさかその詫びが、女の姿で彼にエスコートされる役割だったなんて。

喉元まで『無理です』という言葉が出かかったが、必死にそれを呑み込み、歩は覚悟を決めて彼が説明し始めたその夜のイベントの内容を真剣に聞くしかなかった。

（まさか、こんなことになるなんて、な……）

その後もたびたび呼び出され、そのたびに歩は女装をする羽目に陥っている。もう何度も女の恰好で人前に出ているので、自分でもどうかと思うが毎回冷や冷やしながらもだんだん慣れてきた。女らしい立ち居振る舞いや仕草もなかなか堂に入ったものだ。

歩のしているネックレスに気づき、感嘆した様子でジョスランはこちらをじっと眺めた。

「嬉しいな、ボクの新作をつけてきてくれたんですね。最高によく似合っていますよ。レイモン、彼女とはどこで知り合ったんだ？」

「彼女は仕事関係者で――おっと」

レイモンがタキシードの内ポケットからスマホを取り出す。電話がかかってきたらしい。

「ちょっと失礼。ジョス、すぐに戻るからアユムを頼む」と言って、彼は歩と一瞬だけ視線を合わせたあと、さっと店の外に出て行ってしまった。

彼に置いて行かれると、唐突に不安になる。

レイモンが一緒なら安心する、というわけでもないのだが、欧州生まれの彼は完璧なレディファーストを実行している。ヒールを履いた歩がとっさに動けない場合や困ったことがあるときは、いつもすぐさま気づいてさりげなく助けに来てくれるのだ。そのせいか、女装しているときにそばに彼の姿がないと、どこか心許ない感覚に陥ってしまう。

「じゃあ僕がエスコートさせてもらいますね。あちらに椅子があるから行きましょう」

嬉々として言うジョスランは、店の奥のほうを指し示す。この場所を離れたらレイモンが見つけられないのではと思い、歩は躊躇った。

「あの、でも、彼が」

「大丈夫、すぐ来ますよ」

ドレスの背中に腕を回してきたジョスランに促されて、仕方なく歩は人で溢れる店の奥へと進んだ。途中でいろいろな人と挨拶を交わしつつ、スタッフに「奥にシャンパンを」と命じてから、ジョスランはカウンターの中に入り、木彫りのドアを開けた。

中は応接セットの置かれた商談用らしき個室だった。天鵞絨《ビロード》張りのカウチソファを勧められておずおずと腰を下ろす。目の前にあるガラス張りのショーケースの中には、店にあったのよりもさらに高級そうな、様々な種類のアクセサリーが光っている。

「小柄だけどアユムはモデル？　とてもキュートだね」

すぐ隣に腰を下ろし、歩の手をそっと取ってジョスランは尋ねてくる。

「レイモンとは、いつから恋人なの？」

困惑した歩は微笑みを浮かべ、やんわりと手を取り戻しながら、「モデルではないんです。彼とのことは……すみませんが、本人に聞いてもらえれば」と曖昧にぼかして答えた。

レイモンとの関係は、自分でもどう捉えていいのかいまだにわからない。

けれど、たとえ濃密に触れられていても、自分たちは恋人関係などではないと思う。強いて言えば、『脅して連れ回している社長と、ひたすら詫びのために従う社員』とでもいうのが、もっとも明確な説明に思える。

そんなふたりの複雑に爛《ただ》れた関係は、おそらく、ジョスランの想像の斜め上を行くものだろう。なにも知らず、彼はにこにこしながら続ける。

「君を見たとき、パッと強いインスピレーションが湧いたんだ。次シーズンのオリエンタルテイストなジュエリーのイメージにぴったりなんだよ。好きなジュエリーがあれば、どれでもプレゼントするけど……モデルになってもらえないかな？」

「それは……ごめんなさい、申し訳ないんですが、できません」

歩がきっぱりと断ると「そうか、残念」と彼は頭を抱えている。

「あ、そうだ、そのネックレス、揃いのバングルもあるんだよ。よかったら、せめてそれだけでも着けてみてくれないかい？」

断れずに応じると、彼はショーケースの鍵を開け、中からアクセサリーを取り出す。差し出されたのは細かい透かし模様が入ったゴールドのバングルで、ところどころに小粒のダイヤがあしらわれており、金具部分に揺れる金糸のタッセルが綺麗だ。腕を取られてはめられながら、小さなタグに恐ろしい値段が書いてあるのを見てぎょっとした。

「ああー、ほら、すごくよく似合うよ。プレゼントするから一枚だけ写真を撮ってもいい？　表にはぜったい出さないから、ね！」

「あ、あの、ジョスランさん、困ります」

写真と聞いて歩はぎくりとする。化粧をしていて印象が変わっていても、画像が残るのはさすがにまずい。しかし彼は、こちらにスマホを向けて何度かシャッターを押してしまった。消してほしいと頼もうとしたとき、長い腕がふたりの間にスッと伸びてきた。

「ああっ、レイモン!?　返してくれよ」

いつの間にか個室まで来ていたレイモンが、ジョスランの手からスマホを奪ったのだ。

「待たせたな、アユム。――ジョス、さきほどは言い忘れたが、彼女は単なる連れじゃない。私の、恋人だ」

（恋人――……！）

レイモンの言葉に、内心でどきっとする。

思わず顔が赤らみそうになる自分を叱咤する。これは芝居だと必死に言い聞かせて、歩は胸に湧いた動揺を落ち着かせようとした。

「だから、勝手にこういうことをされるのは困るな。それに彼女は写真嫌いで、私も滅多に撮らせてはもらえないんだ。悪いが、この貴重な写真は消させてもらうよ」

「わああー！」という悲鳴を意にも介さず、奪ったジョスランのスマホをさっと操作してから、レイモンは笑顔で彼にそれを返す。

「さ、アユム。上で飲み物でももらおう。ではジョス、またあとで」

手を取って強引に立ち上がらされ、呆然としたまま、歩はレイモンに個室から連れ出された。

ジョスランがなにかを捲し立てているフランス語が、去って行くふたりの背中にかけられる。

まったく構わずに店内に戻り、ゆっくりと人波をかき分けていくレイモンに手を引かれて、歩は階段を上る。人気のない踊り場まで来ると、彼は歩の腰を手摺りに押しつけ、吐息が触れそうなところまで顔を近づけてきた。

「——店に入る前に、ジョスランはああ見えてプレイボーイだから気をつけろ、と言っておいただろう。これはなんだ？」

手首を掴まれて、さっきはめられて返却できなかったバングルを見せつけられる。

「こ、これは、はめてみてと頼まれたんです」

綺麗だが、自分が欲しがったわけではないと必死で訴える。

さきほどの恋人発言は、写真を消すための建前だと思うが――レイモンは実際、なぜか歩に強い独占欲を持っているように思える。

女の服を着ているからだろうか。こうして、出先で別れて行動するときでも、男に声をかけられたり、必要以上に接触されようものならばすっ飛んで来てガードするのだ。

『私の連れになにか？』と相手の男に問い質す端正な顔は、一見笑みを浮かべているように見えても、そばにいる時間の多い歩には、内心の不快さが透けて見えて怖いくらいだ。

（たぶん……自分の連れに声をかけられるのが不愉快、ってだけだよな……）

そう思いたいが――いまもまた、歩の前だけでしか見せない冷笑には、明らかな嫉妬の感情が見え隠れしている。

これまで彼にエスコートされた女性たちは皆、こんなふうに独占欲で雁字《がんじ》搦めにされたのだろうかと、疑問に思うほどに。

ぞくっとするような皮肉げな笑みを浮かべ、レイモンは囁いた。

「ひとりにしてわずかも経たないうちに、さっそく他の男からのプレゼントか。私の前でそれを着けたままとは、勇気があるな、歩。……あとで、じっくりとお仕置きをさせてもらうぞ」

お仕置きという言葉に歩は身を硬くした。これまでにさんざんされてきたことが脳裏を過り、期待交じりの怯えに思わず唇が震える。それを見てにやりとした彼は、さらになにか言おうとしたが、人が下りて来る気配に気づき、歩からスッと顔を離す。

「もうジョスランのジュエリーは存分に満喫しただろう？　あとは私に付き合ってくれ。三階にはテラスもあるそうだから、夜風にあたりながら飲むのも気持ちが良さそうだ」

そう言いながらふたたび歩の手を引いて、レイモンは階段を上り始める。まさかテラスでお仕置きをされることはないと思いたいが、ガラス張りの社長室だろうがエレベーターの中だろうが、ふたりきりでさえあれば、彼はちっとも場所を選んではくれない。まだ衆人環視の場所ではキスしかされたことがないけれど、もしかしたらその先をされてしまうかも……と考えただけで、歩は恥ずかしさのあまり逃げ出したくなった。

社長に命じられ、プライベートの時間を割いて同行しているというのに、彼の友人に粉をかけられただけでお仕置きだなんて酷過ぎる。

あまりの理不尽さに泣きたい気持ちになりながらも、歩には逃げるという選択肢がない。レイモンが本当に同伴者の女性を探していたのか、それともただ、あの夜の報復のために自分に恥をかかせたいだけなのかはわからない。だが、自分が詫びる必要があるのは確かだし、退職するより女装で許してもらえるほうがずっとマシのはずだ。

歩はそう必死に自分に言い聞かせて、手を引かれるがまま、レイモンのあとを追って階段を進むしかなかった。

レイモンからはこれまでのところ、平日は二、三日、金曜日になれば必ずといっていいほどお呼びがかかっている。

恐ろしく呼び出しの頻度が高い。

もともと、退社後に予定がほとんどなかったから問題はないが……と考えたところで、残業以外にすることのない、寂しいプライベートを送っていた自分がなんだか情けなくなった。

だがもし、『恋人もいるし、忙しいので無理です』と言い切って、別の詫びを提案できるような人間なら、そもそもこんなことを強いられる羽目にはなっていない。

仕事に関わることなら、それなりに強気な態度で臨むこともできる。それなのに、なぜかレイモンを前にすると、まるでご主人様と下僕のように従うのが当たり前みたいな状態になってしまう。

腹立たしい気持ちがないわけではないのに、なぜだか強く反抗しようという気すら起きない。

言い訳かもしれないが、深い琥珀色の瞳で射貫かれながら命じられると、躰が強張る。彼の目には、実は魔力でもあるのかもしれない……と思わず勘繰りたくなるほどの強い目力で、つい命令に従わされてしまうのだ。

いまではもはや半ば諦め気味に、歩はレイモンの従順な奴隷と化していた。

上司を通じて呼び出されたのは最初だけで、それ以降はレイモンから歩のスマホに直接、『定時後、社長室へ』とメールが送られてくるようになった。

そのたびに歩は社長室や、あるいは指定された高級ホテルの一室に向かい、行き先の雰囲気に合ったメイクを施し、用意されたジュエリーや服を纏って公の場への所用に同行している。

忙しくしているジェラルドは歩のために毎回は来られない。二度目のときに、彼のアシスタントを手配していると言われたので、『メイク道具さえあれば、一通り自分でできます』と伝えて、自分でするようにした。疑わし気だったレイモンも、出来上がりを見ると納得した様子で歩を外に連れ出した。

行き先は主に取引先との会食や展示会、さまざまな規模のパーティといったところだ。

この一か月で、いったい何度、歩は彼に命じられて女の姿で同行したかわからない。

招待にすべて参加しているわけではなく、義理で外せないもの以外は花などを贈って済ませるらしいが、それでもパーティなどの所用が皆無な週はこれまでにない。社内ミーティングや取締役会、株主への対応、そして自らのブランドの新コレクションの準備と、相当に忙しいはずの仕事の合間を縫ってレイモンは義理堅くあちこちに顔を出している。特に、チャリティー関係のイベントは外さずに参加しているようだ。

アルタイルは一アパレル企業でありながら、いまではさまざまな分野に影響力を持っている。その代表である彼に期待を抱いてぜひ呼びたくなる気持ちは歩にもわかる。しかし、社長業というのは真面目にやるとこんなにも忙しいものなのかと、感心を通り越して驚く。

そんな中、ない時間を無理に捻出して行った先で、好みではない相手に擦り寄ってこられたり、知り合いに娘や孫を薦められたりされれば、うんざりするという気持ちはわからないでもない。それをスマートに回避するためというのが、彼が歩を常に帯同する理由らしかった。


時間が経っても人は増えるばかりでジョスランのパーティは大盛況だった。

テラスに上がる前に、レイモンは何人かの知り合いに捕まった。しばし談笑してから別れたあと、ふたりは店内よりは人の少ないテラスに出た。

そこで用意されていたアルコールと軽食を楽しむ。危惧していたお仕置きはされずにホッとしていると、レイモンは歩を促して、さっさとジョスランの店をあとにした。

待たせていた車の後部座席に乗り込み、「自宅に頼む」と運転手に告げると、彼は運転席と後部座席との間の仕切りをさっと上げる。

ほとんど揺れもなく、ゆっくりと走り出した車の中は、ふたりだけの密室になった。すぐに手を伸ばしてきた彼に、ネックレスとバングルを奪うみたいに外される。

「アクセサリーを贈るのは、所有欲の表れだ。私がもっと君に似合うものを選んでやる」

憤慨した顔で言うレイモンは、ジョスランにプレゼントされたジュエリーをドアの脇のケースに押し込むようにしてしまうと、やっと満足した様子で歩のほうに向き直った。

「ジョスの奴は職業柄、綺麗なものに目がないからな。君を連れて行くか迷ったんだが、見せびらかしたい気持ちのほうが勝ったのは間違いだった」

襟元のタイを無造作に外しながら、彼は隣に座った歩の姿をじっと眺める。

「……しかし本当に、女装した君の姿を目にすると、面白いぐらいに男たちは簡単に落ちるな。まるで蜘蛛《くも》の巣にかかった憐れな羽虫のようだ。私が引っかかったのも仕方なかったのだと、いまではすっかり納得しているよ」

「蜘蛛だなんて……」

よりによって蜘蛛扱いされてしょんぼりするが、反論できない。それを見て、皮肉な笑みを浮かべた彼が、歩の肩に腕を回してくる。うなじを引き寄せられて上向かされた。

「……ん、……ぅっ」

唇が重なってすぐに、熱い舌が唇の間に割り入ってくる。躰の側面が彼の躰にぴったりと押しつけられ、厚くしっかりとした体躯を感じてどきどきした。

巧みな舌で舌をしゃぶり上げられ、ねっとりと咥内を探られて、体温が上がる。唇を離すと、彼は歩の頬を両手で包んで恐ろしいことを言い出した。

「もし私が、ジョスのもとに君を置いて帰ったら、いまごろは奴と寝ていたか……？」

「そんな、わけ……っ」

驚愕に反論しようとすると、言葉を封じるみたいにふたたび濃密に唇を奪われる。息が上がるまでキスを続けたあと、レイモンは歩の耳朶に唇を押しつけて言った。

「あいつはバイだからな。正体が男でもまったく気にしないだろう。むしろ、君の綺麗な躰を目にしたら、喜んでそれをモチーフにしたジュエリーを作るかもしれないな……ジョスのほうがいいか？」

ぶるぶると必死に首を横に振る。芸術家気質なのかもしれないが、ジョスランには写真を勝手に撮られたことであまり好意の感情はない。レイモンも執着心はすごいし強引だけれど、なぜだか彼の行動には嫌悪の感情が少しも湧かなかった。

「お、置いて帰らないで、ください……っ」

答えを間違えれば、本当に彼は運転手に引き返すよう命じ、ジョスランのところに置き去りにされそうな気がした。湧き上がる怯えで必死に頼むと、彼が喉の奥で笑う気配がした。歩の首筋に顔を埋め、嬉しげにレイモンが囁く。

「甘え上手だな……安心しろ、ジョスの奴に譲るつもりはない。君は私のものだからな」

そう言われてホッとする。『私のもの』という言い方にちょっとどきっとしたものの、歩は彼の会社の一社員なのでそういう意味合いでかもしれない。

彼は歩を抱き竦め、剥き出しの背中や腕を、大きな手でゆったりと撫でてくる。甘やかされている猫のような気持ちになり、歩はおずおずとタキシードを着た彼の硬い胸元に頭を預けた。

時折レイモンはこんなふうに唐突に優しくなる。いまみたいに歩が素直に気持ちを表現したときや、彼の望みに従順に従ったときに。

優しくされると、まるで別人みたいだ。穏やかなほうがいいに決まっているのに、なぜか、いつもの傍若無人で強引な彼のほうが、怖いけれどそばにいて気持ちが楽な気がした。

(俺……もしかして、ちょっとMなのかな……)

――女装好きなゲイのうえ、指向は少々マゾ。

なんだか余計に救いが見えなくなった気がして、歩は密かに落ち込んだ。

「あ……っ、レイモン……?」

ふいにドレスの裾に背後から手を入れられて、驚きに顔を上げる。

「甘えるみたいに躰を預けてくるなんて、君が珍しく可愛いことをするから、我慢ができなくなった」

熱っぽい目で見つめ、レイモンが歩の腿を思わせ振りに撫で上げてくる。スカートの中に潜り込ませた手で両の尻たぶを大きな掌でぎゅっと掴まれて、息を呑む。

「だが、車の中では嫌なんだろう？」

これまでも何度か、送迎の車内で押し倒されそうになったが、必死に懇願して免れてきた。自分は普通の女とは違う。車の中で行為に及んだりしたら、化粧が崩れて胸パッドがずれ、きっと降りるときにはとんでもない状態になってしまうだろう。メイクを直せる場所でならばともかく、外で最悪の状態になるのだけはどうしても避けたかった。

そんな気持ちを理解してくれるのかと安堵した次の瞬間、彼が懐からなにかを取り出した。小さなハンドクリームのような形状のチューブだ。

「ここではしないでおく代わりに、私の部屋に着いたら、すぐに挿れてやる。だから……自分の手でこれを後ろに塗って、準備しておくんだ」

優しげな口調で淫らな支度を命じられ、歩は顔が真っ赤になるのを感じた。

「じ、自分でって、あの……お、お尻の孔を……？」

「そうだ。それとも、私にしてほしいか？」

慌ててぶるぶると首を横に振ると、レイモンは面白そうに口の端を上げた。

彼は歩の躰を抱き寄せ、座席に深く腰かけた自分の腿を跨がる体勢を取らせる。ドレスを捲り上げられると、女性物のショーツを履いた恥ずかしい下腹部があらわになった。

今日用意されていた下着は上下ともに黒のレースだ。腿までの薄手のストッキングも黒で、こうしてあらわにされると、ワインレッドのドレスや白い腿との対比が鮮やかに見えて、他の色の下着に比べて、我ながらやけに扇情的な雰囲気に思える。

それを見て、わずかに目を瞠ったレイモンも「黒も似合うな」と秀麗な美貌をにやつかせてじろじろと眺めてくるのがたまらなく恥ずかしい。

歩の手を取ると、彼は小さなチューブを握らせる。

「ほら、見ていてやるから、しっかりと塗り込んで慣らしておけ。……もっとも、昨晩もしたから、いつものきつさに比べれば、ずいぶん柔らかいはずだとは思うがな」

耳元に唇を寄せ、思わせ振りに囁いて、レイモンは動揺している歩の頬をさらに熱くさせた。そう――昨夜も関係企業が開催する展覧会があり、歩は彼に呼ばれていつものように女の姿で同行した。

女装して彼に連れ歩かれると、その夜はセックスなしで許してもらえたためしがない。用が終わったあとは大概まっすぐにレイモンの部屋に連れ込まれて、汗と涙で化粧が流れ落ちてしまうまで翻弄されるのがオチだ。

思わず昨夜の、二度も彼のものを奥に注がれた濃密な行為が脳裏に蘇り、歩は顔を覆う。

「どうした、歩？　それは、私の指で準備をしてほしいというおねだりか？　私としては、大歓迎だが」

からかいを含んだ声で訊きながら、顔を覆った手の甲に彼はキスをする。

どちらも恥ずかしいが、してほしいと彼に頼むことは、どうしてもできそうもなかった。


「……ぅ、ん……、ン……っ」

ぬぷ、ぬぷ、とクリームを捏ねる音がかすかに聞こえる。

自宅であるタワーマンションの地下駐車場に車が着いても、レイモンは許してはくれなかった。運転手には間仕切りを閉めたまま帰宅を命じ、歩を弄《いじ》る手を止めない。

「——前がもう溢れそうだな。万が一にも私のスラックスを汚したら、どうなるかわかっているな？」

「そん、な……っ」

楽しげな声で囁かれて、自分は馬鹿だと歩は悟った。尻孔に自らの指でクリームを塗り込んで慣らすだけで、彼が済ませてくれるわけがなかったのだ。

ジェラルドが仕込んでくれたヌーブラは、ストラップレスのブラとともにとっくの昔に引き抜かれている。

脚のつけ根まで下着を下ろされているので、歩の薄い下生えやペニスは丸見えだ。震える手で命じられるがままクリームを指に取り、その手を後ろに回す。昨夜さんざん彼のものので擦られたために、後孔はまだ柔らかさを残している。目の前で射るように見つめてくる視線から逃れようと、目を伏せてただ必死に、事務的に命令を遂行しようとしていた。

「あ、あ……っ、や……ぅ」

しかしレイモンは、ドレスをぷくりと押し上げる小さな乳首を、布越しに執拗に舐めては甘噛みしてくる。胸に意識がいって、自ら後ろを解す指がおろそかになれば、すぐにそれを叱責されて、胸への攻めがいっそう酷くなる。

腫れた尖りをぎゅっと少しきつめに捩じられると、すっかり勃ったペニスの先端から、じわりと透明な先走りが滲み出てしまう。汚すな、と言われても、こんなに意地悪な愛撫をされて自分で制御できるものではない。

思うさま前を擦って達したい。だが、目の前にはレイモンがいて、一挙手一投足を楽しそうに凝視している。射精の願望が歩の頭を支配していた。

「濃い蜜が垂れてきたぞ……尻と乳首だけで、もうイきたいのか？　本当にいやらしい躰だ。これまでさんざん男を喰いまくってきたのだろうな……」

嫉妬を滲ませた声で言われて、胸を喘がせながら思わず顔を顰めた。

（喰ったことなんか、ぜんぜんないのに……！）

最初に女装を強要されたとき、ジェラルドからもらったサプリのせいで、歩の躰はおかしかった。初めてでは有り得ないほど感じて、しかもレイモンの大きなモノで貫かれて、後ろでイってしまったのだ。

その反応と、歩が握り締めていた潤滑剤のボトルから、レイモンはすっかり歩を〝女装好きで淫乱なゲイ〟だと思い込んでしまっている。

当のジェラルドになぜあんなものを渡したのかと聞いてみると、あの夜、レイモンが歩に過剰な執着心を燃やしているのに気づいた彼は、ディナーのあとは当然ベッドだろうと予想していたらしい。

あの夜は、本来なら歩へのお仕置きとして女装姿で外へ連れ出されるはずだったようだが、おせっかいなジェラルドからの貰い物のおかげでレイモンが暴走し、すっかりそれどころではなくなってしまったという顛末だ。

その次に会ったときに、もらったサプリについてもおずおずと苦情を言ったが、「サプリもジェルも、高いのよ！　あれは、アタシのせいいっぱいの気遣い。レイモンは男相手は初めてのはずだし、アユムがあんまり怯えてるから可哀想になったのよぉ。……で、どう、レイモンとはうまくいったの？」とわくわくした顔で訊かれてがっくりした。

おかげで行為自体はスムーズに進んだのかもしれないが、そのせいで歩はレイモンからずっととんでもない誤解をされたままなのだ。かなりの有難迷惑だけれど、初対面の歩を親切心から気遣ってくれたのかと思うと、ジェラルドを強く責めるわけにもいかなかった。

レイモンの大変な誤認識を修正するためには、どうしたらいいのかさっぱりわからない。頭の中を覗いてもらえたら、正真正銘、まったくの未経験だとすぐわかってもらえるだろうに――。

ぐるぐると頭の中を回る悩みと、躰に与えられる刺激でいっぱいいっぱいになっていると、ふいに彼が歩の乳首から唇を離した。胸への刺激ですっかり先端を濡らした歩の性器を眺めて口の端を上げ、懐からハンカチを取り出す。

「さあ、もう汚しても構わないから、自分の指でイって見せろ」

そう命じられて、歩は絶望した。

「ああ、前は触るなよ、擦っていいのは後ろだけだ」

できないのか？という言葉とともに、すっかり張り詰めた睾丸と自分の指先を含んでいる後孔の間の会陰を思わせ振りにそっと擦られる。すでに昂り切った躰がびくびくと震え、新たな蜜が前からとろりと溢れ出す。

前に触れるのを禁じられたまま散々弄られ、すぐそこにある射精を堪えるのも、もう限界だった。

「……私の指でイかせてほしいのか？」

からかうように尋ねられて、形振り構わずにこくりと頷いた。

首筋を甘く吸われながら、レイモンの指で後ろの孔を撫で回される。

「んんン……っ、……ん、あ……あ……っ」

ぐぐ……っと押し入ってきたあとは、彼はもう焦らさずに歩のいいところをぐりぐりと執拗に攻めた。すっかり後ろで感じるようになった躰は、悦んでレイモンの指を呑み込む。信じられないくらいいやらしい声が出て、「こら、ちょっとは抑えろ。車の外にまで聞こえるぞ？」と彼に笑われた。

「だ、だって……っ」

もはや膝立ちの体勢でいることは困難で、歩は膝をがくがくさせてタキシード姿の彼の首に抱きつく。

「……っ、うぅ……っ、もう、い、イク……っ」

限界を訴えると、喉の奥で笑ったレイモンが、ほら、いいぞと囁く。濡れ切った前をそっとハンカチで包まれる感触がして、堪え切れなくなった。

後孔を彼の指で弄られながら達するのは、前を扱いて自慰をするのとはまったく違う、衝撃的な快感だった。

長く後ろだけで焦らされ、やっとイかせてもらえたことで、頭がぼうっとしている。

「続きは、部屋に帰ってからだな」

剥き出しの歩の腿の下に、硬いものが当たっている。自らは服を乱してもいないのに、彼はこの状況に思いの外興奮していたようだ。

「部屋に着いたら、また君が満足するまでたっぷりと注ぎ込んでやる……私のコレが好きだろう、歩」

淫らな囁きを吹き込まれて、それだけで、背筋がぞくぞくするほどの興奮が募る。歩はうつむいて、彼から顔を隠した。

これからの長い夜を思うと、押し寄せる期待と不安で眩暈がしそうだ。

レイモンはきっと予告通りのことをする。

最上階にある彼の部屋は、この地下駐車場から専用エレベーターで直結している。キーを差す必要があるから、持っていない人間はフロアに上がることすらできず、セキュリティは万全だ。これまでは、無駄なほど贅沢な造りだなあと思っていたが、乱れた恰好のいまとなってはそれがありがたかった。

やっと達せた疲労でぼうっとしている歩の汚れを、彼は手早く拭う。

ぐしょぐしょになったショーツを脱がせて、ドレスだけをざっとなおすと、レイモンはタキシードのジャケットを脱いで歩の肩に着せかけた。

自分で歩こうとしたが、「ふらふらしているぞ。無理するな」と言われて、軽々と横抱きにされてしまう。

「誰も見ていないから安心しろ」と額にキスをされ、恥ずかしかったがくたびれきっていたので、大人しく従った。促されるまま、おずおずと彼の首に腕を回して上半身を支える。

イった疲れもあったが、それ以上にまだ尻の奥がやけにむず痒くて、じんと熱く疼いている。下着を脱がされてしまったせいか、そこにばかり意識がいって落ち着かない。

(まさか、またなにか媚薬的なものでも入ってたんじゃ……)

不安が込み上げてきて、どうしても気にかかり、歩は躊躇いながらもおずおずと尋ねた。

「あの、さっきのクリームって……」

「うん？　君に渡したのは、オーガニック素材を使った潤滑用クリームだ」

歩を抱いたままエレベーターに乗り込み、レイモンは答えてくれた。どうやらまったく普通のクリームだったようで、勝手な誤解をした自分が恥ずかしくなる。

「どうした、おかしなものは入っていなかったと思うが……。なにが入っていると思ったんだ？」

「い、いえ、べつに……っ」

「もしかして……奥が、疼くのか？」

上昇して行くエレベーターの中で囁かれ、火が出るほど顔が熱くなった。

顔を上げろ、と言われてぎくしゃくとした動きで従う。すぐに唇が重なってきて、痛いぐらいに吸われ、息もできないほどの激しい口付けに酔わされる。

キスをしているうちに、軽やかな音を立ててエレベーターの扉が開く。

「雄を煽るのが上手だな、歩。これでは、とても表に連れ出してひとりにはしておけない」

獣じみた欲情を滲ませた目で艶やかに彼は微笑む。そんなつもりはないのに、余計に誤解させてしまったようで、眩暈がした。

部屋のドアを入ってすぐ、ドア付近のライトが自動で点く。その場で彼は歩を下ろした。よろめきそうになると躰を反転させられ、壁に手をついて立つように命じられる。

背後からドレスの裾を捲られて、ハッとした。下着を穿いていないから、臀部があらわになってしまう。隠そうとする前に彼がスラックスの前を寛げ、取り出したモノを歩の尻に擦りつけてきた。達した歩とは異なり、まだ今夜一度もイっていない彼の性器はすっかり昂ぶっていて、怖いくらいに熱い。

「ほら、ちゃんと立っているだろ。いますぐに挿れてやる」

「で、でも、こんなところで……」

奥まで行けば、大きなソファも広々としたベッドだってある。ドアの目の前で襲われて、歩は動揺して彼を振り返った。

ドレスシャツの襟元を開けたレイモンは、凄絶な色気を感じさせる目で歩を射貫く。

「もう待てない。指では物足りなかったのだろう？　ベッドがいいなら、あとでそちらでも抱いてやるからいまは我慢しろ」

一度で終わるつもりがないことを示唆され、ぞくっとした。

「エレベーターの中で私を煽った責任を取れ。ほら、もっと脚を開いて立つんだ」

ぱちん、と軽く尻たぶを叩かれて、歩は頬が真っ赤になるのを感じた。

彼の手で尻肉を開かれ、クリームを塗り込み済みの後孔に硬い先端が宛がわれる。ぬるぬると、馴染ませるように何度か上下されたあと、すぐに押し込まれた。

「う、あ――……っ」

ずぶずぶと一息に奥まで貫かれていく。

「いつもより、少し柔らかい……熟れて絡みついてくる。たまらないな……」

熱く息を荒らげながら、首筋に唇を押しつけられる。甘く歯を立てられて背を仰け反らせた。

硬く猛々しいもので敏感な粘膜を押し広げられ、いつになく激しい抽挿が始まる。

「あ……っ、ん、ん――ッ」

刺激を受けているのは尻の孔だけだ。それなのに、触れられていない前が性懲りもなく勃ち上がり、揺れているのがわかる。車の中でも後孔の奥を刺激されて達したから、今度は自分の性器を慰めたくてたまらない。

手を下ろして扱きたいけれど、レイモンの突き上げが激し過ぎて、躰を支えるために壁から手を離すことができない。

「ま、前……触らせて、くださ……っ」

「だめだ。後ろだけでイけ。そのほうが、もっと快感が深くなるのは、もう知っているだろう」

　残酷な命令に、歩は半泣きで首をゆるゆると横に振った。

「そんな……で、できませ……ん」

「できるさ。私が手伝ってやる」

　そう言うとレイモンは、胸パットのないドレスの胸元に背後から手を回し、容赦なくぐいっと引き下ろす。あらわになった平たい胸を揉み、乳首を指で押し潰されて息を呑んだ。

「あ――っ、あ、あ……うっ」

　後ろをぐちゅぐちゅと音を立てて猛然と突かれながら、車の中での愛撫ですっかり腫れた尖りをぐにぐにと捏ねられる。そのたびに、ドレスに隠れて完勃ちしているペニスから、とろっ、とろっと先走りが溢れ、脚の間を伝い落ちていく。心許ない感覚に、ぶるっと震える。

「ぎゅうぎゅう締めつけてくる……気持ちがいいのか」

「あ……ン……っ」

　苦しげな声で囁く彼に、耳朶を食まれて甘い声が漏れた。

　後ろを大きなモノで拡げられているせいで、躰に力が入らない。乱れたドレス姿で抱かれているからか、自分が女装した男ではなく、彼に愛されている女になったような錯覚に陥って、その馬鹿馬鹿しい妄想に眩暈がした。

彼は歩の感じるところを熟知していて、硬く張った先端でぐりぐりとそこを刺激してくる。そのたびに喘ぎも出ないほどの強烈な痺れが走り、がくがくと足が震える。それなのに、しっかりとドレス姿の腰を掴む手に、膝をつくことすらゆるしてもらえない。

「うう――ッ、ん……ぅっ、あ、ぁ……っ」

もはやレイモンに擦り上げられる尻の奥の感覚が、歩のすべてを支配していた。

一際きつく突かれ、息を呑んだ瞬間に頭の中が真っ白になる。自分の後ろがレイモンのペニスをぎゅっと締めつけたのがわかった。

全身が痺れたみたいになり、高そうな大理石の床にぽたぽたっと歩の精液が滴る。まともに息ができず、膝が崩れそうになり、ただ壁に縋っているだけで精いっぱいになった。

達している歩の躰を無理に起こし、壁にべったりと押しつけるようにして、レイモンは背後から猛然と抽挿してくる。

「……出すぞ、歩」

「あ……っ、……あ……う……――ッ」

尻肉を掴み、抉るようにして奥まで突きながら、レイモンは白濁を注ぎ込み始めた。

背中にぴったりと重なるレイモンの逞しい躰と、どくどくと脈打つ雄の昂ぶりを内部に感じて、歩はぶるるっと身を震わせる。

壁に額を擦りつけていると、伸びてきた手に顎を掴んで振り向かされ、唇を吸われた。

硬く大きなペニスで尻の孔を割られ、啌内には熱い舌が差し込まれてくる。達したあともまだ許されずに刺激を与えられ続け、わけがわからなくなる。

やっと繋がりを解かれると、ずるずると腰が砕けて、レイモンに支えられながら、歩は彼にもたれかかる恰好でその場にへたり込んでしまった。


しばらく、床に座り込んだまま動けずにいた。

ようやくイけたことで頭の芯がぼうっとしているし、躰はまだ深い快感の余韻に侵されている。

(……なんで社長は、いつも俺を抱くんだろう……)

最初に呼び出された日は、本当に男であるかの確認をするためだったはずだ。そのあとにされた行為は、騙された憤りをぶつけるために、歩に与えられた罰なのだと思っていた。

だが——裸を間近に見て性別をはっきりと確認したあとも、レイモンは男の歩に性的な意味で手を伸ばし続けている。

旧知の間柄らしいジェラルドでさえも、彼はゲイではないと認識していたようなのに。

混乱し切った歩を、レイモンは背後から抱き締めている。彼は歩の呼吸が落ち着くまで、髪の毛――ウィッグだが――を撫でたり、こめかみにキスをしたりしていて、荒々しい行為とは裏腹の愛情の籠もった手つきは、まるで恋人に対するものみたいだ。

「シャワーを浴びよう。躰を洗ってやる」

そう言って、ぐにゃぐにゃの躰をひょいと抱き上げられる。

「あ、あの……俺、自分でできますから」

慌てて抵抗しようとするが「無理をするな。放っておくと、君はバスルームで眠り込んでいそうだ」とあっさり一蹴されてしまう。

これまでも、けっこうな頻度で彼には躰を洗われている。女装したあとにこうして濃密な行為に耽ると、半裸のうえ化粧は汗で崩れているし、ウィッグがずれたりでとんでもない状態になっている。おそらくは目も当てられない姿のはずだ。

できればそんなところは見られたくないのだが、レイモンは戸惑う歩に構わず、纏わりつく女物の服を脱がせてウィッグを外し、メイクを落とさせてと、意外なくらい甲斐甲斐しく世話を焼いてくれる。しかも、迷惑をかけているというのに、なぜか楽しそうにその作業をしているのが不思議だった。

＊

目覚めたとき、一瞬自分がどこにいるのかわからなかった。

真っ白なベッドリネン、キングサイズで少し硬めな寝心地のスプリング、そして蕩けそうにふんわりとした羽根布団。

ここは、レイモンの自宅マンションのベッドの上だ。目を擦りながらきょろきょろと室内を見回すけれど、彼の姿はない。夜は一緒に寝たはずだから、彼はもう起きているらしい。

昨夜は取引先との会食に同行した。部屋に戻ってからリビングルームのソファで身体を重ね、さんざん攻め立てられた。シャワーを浴びたあとは、ほとんど意識がないままでベッドに運ばれて寝かされた気がする。

ぼんやりしていると、昨夜の出来事が一気に蘇ってきて、歩は顔を覆いたいような気持ちになった。

（土曜でよかった……）

こんな日々ももう三か月めだが、あれほど激しく執拗に攻め立てられるのは、休前日に限ってのことだ。

歩は彼の会社の社員なので、平日は週五日、土日のどちらかにも女装要員として連れ出されると、最悪週六日働いていることになる。平日の夜に呼び出されるのは、多くても二、三回、イベント自体は長くても二時間程度のものがほとんどだが、着替えや移動を含めると、けっこうな拘束時間だ。

それを踏まえて、いつもは横暴な彼も、一応は遠慮してくれているのかもしれない。

もそもそと起き上がる。疲労が残っていて躰はまだ重たい感じがするけれど、昨夜、レイモンの手によって尻の孔まで綺麗にされたため、全裸の肌はさらっとしている。

ベッドを下りると、勝手知ったるウォークインクローゼットの扉を開け、中に入る。レイモンはその一部に、歩のためのものを用意してくれているのだ。

中にはシンプルなスーツが数着と、ジーンズやシャツなどのカジュアルな服がかかっている。どの服も、レイモンがプロデュースしているドレサージュのメンズラインだ。

シャツ一枚でも一、二万はするブランドなので着るのは正直気が引けるが、彼から服を借りようにもあまりに体格が違い過ぎて、歩に着られるのはTシャツくらいのものだ。この部屋には出先から女装の状態で連れて来られるため、彼のところから自宅に帰るときには着るものに困ってしまう。結局、レイモンが用意してくれた服を毎回ありがたく着させてもらうことになっている。

用意された中から適当なジーンズとシャツを選んで着る。布の値段からして違うのか、シャツ一枚とっても着心地が違う。仕立ての良さは見た目にも表れていて、この服を着ると、なんだかやたらと垢抜けてスタイルが良く見える気がする。

服を身に着けると、歩はベッドルームを出た。

タワーマンションの最上階にあるレイモンの部屋は、贅沢なメゾネットタイプの造りだ。二階の奥に彼のベッドルームがあり、半分が吹き抜けになっていて、一階にキッチンとリビングルームと客間がある。

白い螺旋階段をそろそろと下りて行くと、壁一面にとられた窓から見える空に目を奪われた。

高所が苦手な歩はなるべく下のほうは見ないようにして、視界いっぱいに広がる絵に描いたような真っ青な空だけを堪能する。今日は清々しいほどの快晴だ。

気持ち良さそうな天気だなと思いながら、視線を一階へ向けたとき、ソファに座っている人影が目に入った。

白を基調とした内装を背景に、レイモンは革張りのソファに腰かけて、本を読んでいるようだ。テーブルの上には飲みかけのオレンジジュースのグラス。窓から入る柔らかな日差しが、彼のさらさらの髪を煌めかせている。

まるで一枚の写真みたいに美しく完璧な光景に、歩は思わず見惚れた。

「――おはよう、歩。どうした？　まさか歩けないのか？」

階段の半ばで足を止めていた歩に気づき、レイモンはにっこりと笑みを浮かべる。次の瞬間、歩が立ち止まっているのが気にかかった様子で、本を置いて立ち上がった。

「だ、大丈夫です！　ただ、いい天気だから窓の外に目がいって……おはようございます」

慌てて否定すると、そばまでやって来た彼が「そうか、だったらいいが」と笑う。

今日の彼は、ざっくりとした白い半袖のニットに涼しげな麻混のパンツを合わせている。完全にオフなのだとわかるリラックスした服装だ。

ふいに端正な顔を近づけられて、頬が赤くなるのを感じながら歩は目を閉じた。

「んっ……」

軽く腰を引き寄せられ、両頬と、それから少し長く唇におはようのキスをされる。甘酸っぱいオレンジの味がした。フランス生まれだからなのか、レイモンは歩がこの部屋で迎えた初めての朝から、当たり前のように朝の習慣としてそれをしてくる。

いまだに慣れなくてドキドキしてしまうわりに、目覚めたあとにキスをされないと、あれ、今日はしないのかな？と不安になったり、なんだかしっくりこなかったりする。習慣というのは恐ろしいものだ。

「そろそろ様子を見に行こうかと思っていたところだ。腹が減っているだろう？　私もまだだから、一緒に朝食にしよう」

キスを解いたレイモンは、やけに上機嫌な様子だ。

「なにか、いいことでもあったんですか？」

「ああ。今日と明日はオフだ。久し振りの連休なんだ」

土日のどちらかには、所用が入ることが多い。よほど嬉しいのか、彼は子供みたいなにこにこ顔だ。

「起業してすぐのときは、もっとゆったりとしたペースで仕事をしていたんだがな。残業したり、これほどあちこちに顔を出す必要性があるのは、日本に来てからだ」

歩が知る経歴では、レイモンは子供の頃は日本の学校に通っていたはずだ。両親の離婚とともに母の元に戻り、大学卒業後はフランスで起業したらしいと聞いている。日本、と言ったときにちょっと顔が曇った気がしたので、なんだか気にかかった。

「どうした？」

「あの……もしかして、日本がお嫌いなんですか？」

尋ねられて、躊躇いながら訊いてみる。少し驚いた目をして、それから彼は困ったように微笑んだ。

「そういうわけじゃないが……子供の頃、両親の離婚協議がうまくいかず、自国に戻った母との暮らしから引き離されて、無理にこちらの学校に入れられた経緯があるからな。父方の祖母もずいぶんと可愛がってくれたが、言葉を覚えてどうにか日本の習慣に慣れるまでは、正直に言って、ずっとフランスに帰りたくてたまらなかった覚えがある」

彼から家族の話を聞いたのは初めてだ。

前社長の女癖の悪さは有名で、彼以外にも何人もの異母兄弟がいるらしいという噂は歩も耳にしていた。そんな中、たったひとり正妻との間に生まれた彼は、小学校までは日本の有名私立に通わされたらしい。幼い彼が無理に父の国に連れて来られて、日本でどれだけ寂しい思いをしたかは想像に余りあるものがあった。

「日本で暮らしていたときも父は私を構おうとはしなかったし、母との離婚が成立したあとは、私が大学を卒業するときに祝いの言葉すらなかった。それなのに、あちらで実績を作って名を売ったら、自分のしてきたことをすべて忘れたみたいにアルタイルの取締役として招いてきたんだ。だから、苦手なのはこの国じゃなくて、夫婦の確執を子供にぶつけてきた父親だ……あまり楽しい話じゃないな。この話題はもうやめよう」

歩を抱き寄せて髪に口付けてから、気を取り直したように彼はキッチンに向かう。歩はその背を慌てて追った。

すみません、と謝ると「なにがだ？」と彼は気にしない様子だ。最初は家族の話が聞けて嬉しいような気がしていたが、彼の子供のころの話を聞いて悲しい気持ちになった。

キャビネットの一部みたいになっている冷蔵庫を開けて食材を取り出してから、レイモンは腕捲りをして口の端を上げた。

「まあ、まだ私が代表取締役社長に就任してから日が浅いからな。顔見せとコネづくりが一通り終わったら、経営や制作のほうだけに専念して、地味な暮らしを送ることにするよ——この忙しさも、それまでの辛抱だ」

それまで、と言われて心臓がぎゅっと締めつけられたような気がした。

つまり、もうしばらくしたら社交の場を訪れる機会も減るから、同行している歩の女装も不要になる……という意味なのかもしれない。

「あ、あの、俺も手伝います」

動揺を抑え込んで、せめてなにかしなくてはと申し出る。

最初は驚いたのだが、レイモンはすごく器用で、料理まで上手い。いつも歩がぼうっとしているうちにさっとかたちのいいオムレツを作り、ベーコンまで焼いて、朝食をあっという間に完成させてしまう。たまにケータリングを頼むこともあるけれど、基本、この部屋にいるときの食事は彼がほとんど作ってくれるのだ。

なにもしなくていいと言われているので、普段は皿を出したりカトラリーを揃えたりするだけだが、今日はなにか手伝いたい気持ちになった。

「じゃあ、サラダに使う野菜を洗っておいてくれるか」と言われ、動揺を胸の中にしまい込んでレタスやトマトを取り出し、洗い始める。

(俺、いつまでこうしているつもりなんだろう……)

自分に問いかけてみるが、答えは見つからなかった。

朝食を済ませると、レイモンはエスプレッソマシンで美味しいコーヒーを淹れてくれた。

オフの日には、彼は家からほとんど出ない。

出る場合でも、地下にあるワインセラーとの間を専用のエレベーターで往復したり、屋上のガーデンテラスに外の空気を吸いに行くぐらいだ。ハウスキーパーは雇っているけれど、来るのは平日の昼間だから、これまで鉢合せしたこともない。完全にふたりだけしかいない空間で時間を過ごすことになる。

自宅は飛び抜けて豪華な造りのマンションだが、レイモンの休日の過ごし方はごく普通だ。歩もふだんの休日は基本的に引き籠もりなので、初めての共通点に親近感が湧いた。

なにをするということもなく、彼は本を読んだり、簡単なつまみを作って大好きなワインを楽しんだり、それからクロッキー帳になにかを描いたりしていることが多い。

あるとき、なんとなく自分を見ながら描いているような気がして「なにを描いているんですか？」と一度尋ねてみた。「もちろん、君だ」と真顔で言われて戸惑ったが、すぐに彼は「冗談だ、これは次期コレクションのイメージだよ」と可笑しそうに笑ったので、ホッとした。見せてくれないところを考えると、ドレサージュ関係の仕事かもしれない。

そんなふうに、レイモンは歩がそばにいるときにもクロッキー帳を開くことがよくあった。興味は湧くが、覗き込むような真似は決してしない。大人しく彼のそばで、炭酸水で薄めたワインをちびちびと呑んだり、映画やドラマを観たりと、歩のほうも好きなことをして過ごす。

いまでは当たり前のようなそんなオフの過ごし方だが、少しも葛藤がなかったわけではない。

最初に彼の自宅であるこの部屋に連れて来られたときには驚いた。休日の邪魔をしては悪いと思い、目覚めてすぐに歩は慌てて帰ろうとした。しかしレイモンからは「なぜ帰るんだ。なにか用でもあるのか？」と眉根を寄せて問われた。

同居中の妹は大人だし、歩よりずっと外泊の頻度が多いから、留守にしたところで気づきすらしないかもしれない。正直に、特に用があるわけではないと言うと「じゃあここにいればいいだろう」と引き留められてしまった。

レイモンの部屋にいても、なにかイベントごとがあるわけでも、誰かが来るわけでもない。どうやら彼は、ただ単に歩をそばにいさせたいだけらしい。ただの暇潰しだろうとは思いながらも、気づいたその事実はなんだかやけに嬉しくて、別段予定のあるわけでもない歩は望み通りに従うようになった。

その後、週末ごとに外泊を繰り返すようになると、さすがに侑奈も兄の不在に気づいたようだ。顔を合わせるたび、そわそわとしてなにか聞きたげな素振りを見せていたが、繊細な兄心を気遣ったのか、ありがたいことに結局はそっとしておいてくれた。

それからというもの、用がない限り、週末中彼の部屋にいるのが普通、という空気になってしまった。

（いつまで、こんなふうにしていられるのかな……）

さきほど『それまでの辛抱だ』と言ったレイモンの言葉が、何度も脳裏を過る。そのたびに頭の中が混乱して、自分がどうしたいのか歩はよくわからなくなった。

詫びから始まった女装での同行は、もう三か月めに突入しようとしている。

本来の仕事が忙しかったり、残業があるときは断ってくれても構わないと言われているが、いまは繁忙期ではないし、彼からの招集も毎日ではないので、それ以外の日に集中して仕事を進めることにしている。

だから、呼ばれることに問題があるわけではないのだが――レイモンの考えていることがよくわからない。

さきほど言っていたように、彼が顔見せを終えたら、歩はおそらくお払い箱になる。

それが、何日後、もしくは何か月後なのか。

最初は彼から解放されたら安堵するはずだと思っていた。

だが、それを想像したとき、胸に湧いたのは強烈な寂寥感だけだった。

そっと見ると、ソファに深く腰かけ、彼は熱心になにかを描いている。その様子を眺めたり、考えごとをしながらタブレットを弄ったりしているうち、だんだん歩の瞼は重くなってきた。

「ん……？」

気づくと室内が薄暗くなっていた。弾力のあるふかふかのクッションに頭を預けているうち、いつの間にか熟睡してしまっていたようだ。

ぼんやりしながら目を開けると、自分がなにやら温かくて硬いものの上にいることに気づく。ぼうっとしたまま、なんだろうとあたりをまさぐっているうち、ぎょっとした。

恐る恐る頭を上げる。歩は、ソファに仰向けに寝そべったレイモンの胸元に頭を預け、彼の上に半ば乗るような体勢で抱きかかえられて眠っていた。

おそらく、自分も休憩をしようとしたレイモンが、先にうたたねを始めた歩を抱き枕のように抱えて横になったのだろう。クッションに頭を預けた彼はぐっすりと気持ち良さそうに眠っていて、とても起きる気配がしない。

身動きをしたら起こしてしまうかもしれない。

なにもすることができず、歩は少しだけ顔を起こした状態でじっと彼の顔を眺めた。

整い過ぎて冷たい感じさえする容貌は、眠っていると実年齢より若く、そして少し優しい感じに見える。もうずいぶんと見慣れたはずなのに、いつまでも見つめていたいような気がして、歩は自分の中にある恋に似た気持ちに気づいてにわかに戸惑った。

(俺……もしかして、社長のこと、好きなのかな……)

ほとんどのオフの日をこうして歩をそばに置いて過ごしているから、彼にはいま、恋人はいないのだと思う。はっきり聞いたことはないからわからないけれど。

面倒くさい交際相手は作らず、セックスもできるおもちゃとして、単にいま歩が気に入っている。それに加えて、彼に負い目のある自分を後腐れのない社交要員として便利に扱っている——というだけのことなのだろう。

(俺なら男だから、惚れられても結婚とか迫られたりもしないし……バラされたくない弱みもあるから、面倒なこともないもんな……)

考えれば考えるほど、ぜんぶその通りな気がして、ずっしりと気持ちが重くなってくる。

目を閉じたまま、彼がわずかに身を捩った。

無意識なのか、逞しい腕で躰をしっかりと抱え直されて、どきっとする。すぐに、もう一度穏やかな寝息を立て始めるのにホッとして、自分がもう少しこのまま、眠っている彼のそばにいたいのだと気づく。そうっとシャツ越しの熱い胸板に頭を預けて、歩は躰の力を抜く。

レイモンは強引で、独占欲も強いし、常に自分のしたいことを押し通す。歩を追い詰めて楽しんでいるような少しサディスティックな面もあって、翻弄されることも多い——け

れど、その生活の中に入り込んでみると、意外なくらい優しいところがあり、贅沢な中にも穏やかな普通の暮らしを営んでいることがわかる。

見た目は眩しいくらいに煌びやかで派手だけれど、中身は地味な感じがする。

意外性があって、これまでの人生で歩が出会ったことのないタイプの男だ。

迷うということのない彼のそばは、優柔不断なところのある歩にとって不思議なくらい居心地がいい。

命じられて、支配されて——このまま甘やかされていたい、と願ってしまうほどに。

顔見せが終われば地味な暮らしをするというレイモンの言葉に、自分が落ち込んでしまう理由を認識したくはなかった。

たとえ歩が彼に恋をして、もっとまっとうな関係を築きたいという願望を抱いたとしても、無駄だ。

なぜならレイモンは、歩が女の服を脱いで化粧を落としたあとは、決して手を伸ばしてこない。触れるとしても、ハグやキスくらいのものだ。

ペットのようにそばに置くには都合が良くても。

さすがに女の恰好をしてないと、抱く気にはならない——そういうことなのだろう。

女装での帯同が不要になればお払い箱。彼がゲイでないのだとしたら、当然のことだ。

その事実は、彼への気持ちを自覚し始めた歩を、酷く絶望的な気持ちにさせた。

＊

レンゲでひと口お粥を掬い、口に運んで歩は目を瞬かせる。

それを見て、カウンター席の隣に座った眞木《まき》が得意げに囁いた。

「な、美味いだろ？」

ここは、会社の近くにオープンしたばかりだという中国粥の店だ。

今日は取引先ブランドの担当者とのやり取りが長引き、いつも誘ってくれる椿谷たちはすでにランチに出ていた。空腹を抱えて、遅めの昼休憩に出ようとした歩は、会社のエントランスで聞き覚えのある声に呼び止められた。

親しげに声をかけてきたのは、いま隣にいる眞木だった。

眞木修一《しゅういち》は歩の同期社員で、広報部に配属されている。

すらっとした長身に涼しげな顔立ちをした今風のイケメンで、営業部の女子社員たちからは『なぜ眞木くんを営業部で取れなかったのか』とことあるごとに加藤部長は責められているらしい。

久し振りに顔を合わせたので話に花が咲き、ちょうど彼もランチがまだだと言うので、一緒に取ろうということになった。

流行りものや話題の場所をよく知っている眞木に希望を聞かれ、「食べやすくて胃腸に優しそうなものがいい」と歩はリクエストした。

そこで連れて来られたのが、この店だ。

温かい粥は、ダシの効いたスープが躰に沁みるようで、トッピングされた蒸し鶏とパクチーも絶妙だ。サービスとして惣菜の小鉢とシュウマイがついてくるのもありがたい。

「ちょうどよかったよ。この店さ、昼時は行列ができるんだ。だから、今日みたいにちょっと時間を外したときしか来られないんだよな」

隣で海鮮のお粥を食べている彼は、さすが情報通らしく、オープン当初に足を運んですでに味のほうはチェック済みらしい。

「ほんと眞木はあちこちの美味い店をよく知ってるよな」

食べ終えてすっかり満足した歩は、ご機嫌で彼を褒めた。

まあな、という眞木は、見た目の良さも行動力も歩とは雲泥の差で、いかにも女の子にモテそうなタイプだ。

(まあ俺も、最近男にはけっこうモテてるんだけど……)

しかしそれは、女装しているとき限定なので、まったくもって人に自慢できる話ではない。

食事を終えてもまだ時間があり、ふたりは会社の近くにあるカフェに寄った。

日差しは強いが心地いい風が吹くテラス席に腰を落ち着けると、眞木が不思議そうに訊く。

「――コーヒーが大丈夫ってことは、べつに胃が痛むとかではないんだよな？　胃腸に優しいものが食いたいとか言うからちょっと気になってたんだ。もしかして、腹の調子でも悪いのか？」

よく効く薬あるぞ？と言われて、歩は笑って首を横に振った。

「いや、大丈夫だよ、ありがとう。最近その……ちょっと生活のリズムが乱れてるから、ランチぐらいは体に優しいものを食べようかと思ってさ」

有無を言わせず特別な時間外残業をさせられるようになってから、退社後の歩の生活は劇的に変化した。

これまでは帰りに担当ブランドの店をたまに見に行く程度で、ほぼ直行直帰だったし、休日も家で映画のＤＶＤやネットを見たりして終わることが多かった。数少ない学生時代の友人たちも、それぞれ恋人がいたり早々と家庭を持ったりで、皆忙しくしている。遊ぶ機会もごくたまにしかない。

それがいまでは、休日を含めると毎週三日以上は外泊しているし、それ以外の日も普通に残業したりしているので、自宅にいる時間がとにかく少ない。

そうなってくると、問題は食生活だ。レイモンの部屋では手料理を食べさせてもらっているから問題ないのだが、会社の滞在時間が増えると夕飯はどうしてもコンビニ食が多くなる。油っこいおかずの弁当しか選べないこともあるので、せめてメニューが選べるときぐらいは健康的なものを食べなくてはと思っていた。

特に体調に問題があるわけではないと言うと、眞木は安堵した様子で笑った。

「そうだよな。けっこう久し振りだけど、顔つやもいいし、なんだか元気そうだ。ああ、もしかして彼女でもできたのか？　今年のバレンタインも川崎は相変わらずモテモテだったしなあ。財務部イチの美人社員からも手作りチョコもらったんだって？」

ニヤニヤと笑われて「彼女なんてできるわけないだろ。全部、お返し目当てだって」と渋面を作り、歩はコーヒーを啜った。

歩の会社では、バレンタインが禁止行事になっていないので、女子たちはこぞってお菓子を持ってくる。

もちろん、お返しは倍返し以上が当たり前だ。女子の多い会社ゆえに、無視などしたらあとが怖いうえに、業務に支障を来すことは間違いない。

そこで入社した年から、歩は侑奈にお返しの買い物を頼んでいる。妹の選んだ菓子は、さすがにラッピングも味も凝っていて、女子からの評価が高い。不幸なことに『企画課の川崎さんにあげるとお返しはいいものがくる』という噂が社内女子の中で広まってしまい、いまでは少し面識があるだけの経理や法務の女子からまでチョコをもらう羽目に陥っている。おかげで、ホワイトデーのある三月はいつも出費が凄まじい。

しかし、今更グレードを落とすわけにもいかない、という歩の苦悩を知っておきながら、眞木は楽しそうに毎年その時期になるとからかってくるのだ。

「けっこう本気の女子も多いと思うけどなあ。まあ、いっぱいもらってもちっとも自慢げにしないで恐縮してるとことかが、川崎が女子に好かれる理由なのかもな」

「自分だって山ほどもらってるだろ？　社内で一、二を争うイケメンて言われてるお前に言われても、ぜんぜん嬉しくないよ」

本気で複雑そうな顔を作って言うと、カップを手にした眞木は噴き出した。

さっぱりとした性格で付き合いやすい男だ。自分が仕事ができるうえにモテると自覚しているからか、何事にも余裕を感じる。歩より、よほど彼のほうが営業に向いていると思う。

部署が違うので顔を合わせる機会はあまり多くないのだが、こうして気負いなく話せる同期は貴重な存在だなとしみじみ思う。

「仕事のほうは、最近どうだ？」

ふいに話題を変えられて、歩は首を傾げる。

「うん、まあ順調かな。いま、来春のコラボ商品の企画を立ててるところだよ」

それに加えて、来月あたりには秋冬物セールの企画も進めなくてはならないので、季節柄、徐々にこれから忙しくなっていくだろう。

「眞木のほうは？」

何気なく歩が聞き返すと、彼はわずかに表情を曇らせた。

「うちの部はさー、最近は商品に対する問い合わせよりも、社長に関する問い合わせが増えてるんだよな。なんか、妙な感じだよ」

突然思いもしなかったところでレイモンの話が出て、歩は思わず目を瞬かせる。

「あの顔でハーフで、その上まだ若くてしかも金持ちとくれば話題性があるし、インタビューとかイベント登壇の依頼が殺到しても当たり前だと思うけど、広報部としてはちょっと、もう仕事の邪魔レベルというか」

眞木からの意外な評価に驚く。

「で、でも、社長が変わってから株価も上がったみたいだし、注目度が上がるほうが――」

「そりゃ、ドレサージュをラインナップに加えた効果と、トップが若返ったぶん株主からの期待値でだろ。しばらくしたら、すぐに元通りさ」

眞木は歩の反論にそっけなく切り返してくる。どうやら、彼の中ではレイモンに対する評価は思いの外厳しいものらしい。

「社長関連の窓口は、ツテがあるとこ以外は全部いったんうちの部署を通して、それから秘書に打診することになってるんだ。社長は外部の人間と交流を持てる系のＳＮＳをいっさい公にしてないから、すげー小さな媒体からでも全部の問い合わせがうちに来るんだよ。

他の会社の社長みたく、自分で交流持ってくれたら話ははやいのに」

それがお前たち広報部の仕事じゃないか、という言葉が喉元まで出かかった。

確かにレイモンは、フェイスブックなどで交流を持つことはしていない。

歩も気になって聞いてみたことがあるのだが、持っているのは写真共有サイトのアカウントだけらしい。しかも、プロフィールは明かさずに登録して顔出しもしていないので、友人以外は彼がアルタイルの社長だとは知らない。美味しいワインや美しい夜景などがほんの時折アップされるだけの、彼のささやかな息抜きの場所のようだ。

しかしSNSでの情報提供は広報部に担当者がいてじゅうぶんに行っているし、レイモン自身は必要とされる場所にはわずかな時間でも足を運び、宣伝に協力している。彼は会社の広告塔として、プライベートの時間を割いて尽くしているのだ。それなのに、眞木が口にした辛辣な言葉に歩は悲しくなった。

「川崎？　どうしたんだ？」

唐突に黙り込んでしまった歩に気づき、眞木が慌てた様子で尋ねてくる。

「社長は……頑張っていると思う。彼がこれからもっと会社を良くしていってくれるはずだって……勝手な考えだけど、俺は、すごく期待してるよ」

どうしても黙っていられなくて、必死に言葉を絞り出す。一瞬面食らった様子だったが、ぐっとコーヒーの残りを飲み干すと、眞木は渋々口を開いた。

「……まあ、宣伝とかは厭わないでやってくれるし、ドタキャンもしないし、そこは真面目でありがたいよな」

わかってくれてホッとする。本当は、レイモンがどれだけ会社のために働いているかをもっと全力で訴えたいところだったが、怪しく思われるのもまずいので「だろ？」と言うに留めておいた。

「なんだよ、あんまり意見を言わない川崎にしては意外な反応だな。もしかして、お前も女子たちと一緒で実は社長のファンなのか？」

気を取り直したように眞木は笑う。

「そういうわけじゃないけど……」と誤魔化すが、「まあその気持ちもわからないでもないよ」と納得されてしまう。

「だって、とんでもないイケメンだもんなあ。最近、いつも謎の美女連れてるって噂になってるし。きっと駆け出しの女優かモデルだと思うけどさ」

思わずぎくっとしたが、眞木は歩の反応には気づかない様子で続けた。

「そのうえ、仕事ではあっさり社長に据えられただろ。どんなに頑張って昇進しても、俺たちクラスは部長止まりがいいとこなのに」

「お前……出世目指してるの？」

おずおずと尋ねると、眞木は切れ長の目を丸くして笑った。

「そりゃそうさ。給料だって格段に上がるし、部長になれたら使える経費だってぜんぜん違うんだからな。知ってるか？　椅子だって課長以上はアーロンチェアなんだぜ？」

いつも飄々としている眞木にそれほど強い出世欲があったとは知らなかった。歩は自分の担当ブランドの売れ行きや評判を気にするばかりで、これまでは昇進のことなど考えたこともなかった。日々の仕事をこなすのにせいいっぱいだし、部下を使う身分になってもきっと気が引けるから、ずっと平社員でも構わないとさえ思う。

役付きになりたくないのか？と尋ねられて、躊躇いながらも歩はこくりと頷いた。

同期の中で、まだ役職についている者はほとんどいない。三十代になったあたりで昇進することが多いようなので、これからだんだんと差がついていくのだろう。

「本音を言うと……俺、社長の恵まれた境遇が単に妬ましいのかもな」

並んで会社に戻りながら雑談をしているとき、唐突に、眞木がぽつりと零した。

「だから、あっちが仕事でガンガン成果挙げてても、負のフィルターがかかってて、見る目が厳しくなるんだ。……なんか、小さい男だよな」

自嘲するように言われて歩は内心で考え込んだ。

レイモン自身が本来希望しているのは、主にブランドのプロデュース業のようだ。

いまの社長業は、前社長の息子として呼ばれたからにはという感じで、課せられた義務としてどこか意地になってやり遂げようとしている気がする。愛する家族は遠いフランスの地にいる。日本にも血縁者はいるけれど、引退した父とは互いに家族としての温かい情はなく、施設に入っている祖母にたまに会いに行くだけのようだ。

一見華やかに見える彼は、日本ではプライベートな時間のほとんどを、ひとりか、もしくは歩とふたりで過ごしている。見る人によっては寂しい光景に映るだろう。

幸せの価値感は、人それぞれだ。

比べようもないけれど、都内の裕福な実家住まいで、自分の好きな仕事に日々向き合っている眞木は、日々重責を担う孤独なレイモンよりはるかに自由で幸せな気がした。

「……お前は、誰かを羨ましがる必要なんて、ないんじゃないかな」

悩みながら歩がそう言うと、眞木はニッと笑った。

「じゅうぶん恵まれてるって言いたいんだろ？　わかってるよ……だから、優しく聞いてくれそうなお前に話してみたんだ」

ありがとな、とちょっと照れくさそうに言って、眞木は伸びをした。

彼がレイモンへの意外な羨望の感情を打ち明けたのは、部署が異なり、出世欲のなさそうな自分だからだったのかもしれない。

会社のエントランスを通る前に、眞木がつけ加えるように、こそっと囁いた。

「実はさ……広報部の女子はもう社長を絶賛してて大変なんだよ。あの人と比べられると、さすがに俺も立場ないよ」と彼は肩を竦めている。

どうやら眞木は、同じ部署の女子たちから、よりによってレイモンと比較されているらしい。それでは、部内で彼の愚痴を言ったりしたら総スカンを食うだろう。

眞木がレイモンに反感を抱いていた理由がわかり、なんだかホッとして気が抜ける。それとともに、いつも兄貴ぶる眞木の意外な子供っぽさにちょっと笑ってしまった。


階の違う眞木とエレベーターの中で別れて、歩は午後の仕事に戻った。

仕事のメールにいくつか返信をしてから、最新号のファッション雑誌をタブレットで眺める。ライバルブランドの特集をチェックしつつ、被らないように悩みながら、何案か担当ブランドの販売企画を練っていると、スマホにメールが届いた。

何気なくチェックして、心臓の鼓動が跳ねる——レイモンからだ。

『元気か。いまセンチュリーホールに来ている。ドレサージュの服を舞台衣装に提供する関係で、新作を使いたいと依頼されて打ち合わせをしに来たんだ』

彼のプロデュースするブランドは、ファッションクルーズで販売契約を結んでから、映画やドラマなどのメディアによく使用されている。人気のタレントに着てもらえればいい宣伝になるので、よほどイメージが異なる媒体以外には使用許可を出しているらしい。相乗効果で、売り上げも予想よりずいぶん好調のようだ。

レイモンはこうしてたまに、自分のいまいる場所やしていることなどを知らせ、歩の様子を窺うメールをくれる。

忙しい合間を縫っての意外なマメさには驚くが、嬉しさも感じて、すぐに返信した。

『お疲れ様です。舞台に使われるなんて素敵ですね。俺はさっき昼休憩から戻ったところで、企画書を作っています。今日のランチは中華でした』

とりとめのない内容ながら、とりあえず自分の状況も知らせておこうと、ざっと打つ。確認してから送信ボタンを押した。私用メールが禁止されているわけではないのだが、相手が相手だけになんとなく後ろめたくて、こそこそしてしまう。

仕事に戻ろうとすると、送って一分も経たないうちに、ふたたびデスクの上に置いたスマホが鳴った。今度は電話の着信音だ。

表示を見ると驚いたことに、なぜかまたレイモンだった。慌てて席を立って通路に飛び出し、歩は小声で電話に出る。

「お、お疲れ様で――」

『ランチは同僚と行ったのか。男だな』

挨拶も聞かずに、いきなり不機嫌そうな低い声が耳に届いてぎくっとする。

『いつもコンビニかカフェでランチを簡単に済ませている人見知りの君が、わざわざ中華料理をひとりで食べには行かないだろう。それに、いつも誘われる営業部の女性たちと一緒のときは、誰と行ったか君はメールに名前を出す。――つまり、今日のランチは、私との会話に出たことのない男と行ったということだ』

(す、鋭い……！)

矢継ぎ早にぶつけられたのはびっくりするような推理だったが、ほぼ完璧に当たっているのが怖い。いつもの椿谷たちとランチに行ったときは、彼も顔を知っているからと思い、確かにメールに名前まで書いていることが多い。しかし、なぜ今日、眞木と行った中華粥のランチに、彼が怒っているのかがよくわからなかった。

「た、確かに、今日一緒に食べに行ったのは、男性の同僚ですけど……広報部の同期で、偶然一階で会って」

『経緯はいい。男とは食事に行くな』

きっぱりと命じられて、思わず歩は目を丸くする。

「な……っ、なんで、ですか？」

『――君の恋愛対象が、男だからだ』

返ってきた答えに愕然とする。

電話の向こうで彼に話しかける誰かの声がして、少し間が空く。待つというほどもなく、レイモンが声を潜めて言った。

『部内の女性たちの中に、男も交えて食事をすることは構わない。だが、仕事上の必要性があるとき以外、男とふたりで食事をするのは禁止だ。君は無防備なうえ、非常に流されやすい質だからな。誰か強引な男にうまく言い含められたら簡単に靡《なび》いてしまいそうで、私が安心できない』

打ち合わせが始まるのか、電話の向こうで彼は移動し始めたようで、かすかな雑音が聞こえる。

『――いいか、今後はぜったいに行くんじゃないぞ？』と重ねて強く命じてくると、歩の返事も待たず、一方的に電話は切れてしまった。

通話を終えたスマホを眺めて、歩はしばらくの間呆然としていた。

（ゲイだから……って、誰でもいいわけじゃないし……しかも、ストレートの同僚とか、考えたこともないし……）

いったい彼は、自分をどんな股の緩いゲイだと思っているのだろう。

出会い方に問題があったうえに、ジェラルドのおかげで異様な興奮状態になった初めての夜のせいで、レイモンは歩のことをいまだに誤解している。

彼に出会った夜、自ら女装してお見合いパーティに参加していたことは、申し開きのしようもない。とはいえその後は、彼がそばにいてもいなくても、他の男に色目を使ったり、誘われてついて行ったりしたことなどいっさいないというのに。

一瞬、ランチの相手が男だったから、嫉妬でもしてくれているのかと思ったが、どうもそうではない。どちらかというと、さきほどのレイモンの言葉は、『ぼんやりな飼い犬が誰かに連れ去られないように、改めて躾け直しておいた』という感じの命じ方だった。

さっき、眞木のレイモンに対する微妙な評価に、必死になって反論した自分が馬鹿みたいだ。

スマホを握り締めたまま通路に立ち尽くしていると、他部署の女子が怪訝そうな顔でこちらに視線を向けてから通り過ぎて行く。どうやら相当挙動不審だったらしい。

レイモンは打ち合わせが始まっているだろうし、かけ直すわけにはいかない。ざっくりとした予定のうえでは今夜は会食の予定が入っているから、おそらく歩にも声がかかるはずだ。

そのときにでも、誤解を解いたうえで、自分は会社で男漁りをするつもりはないときっちり宣言しておかなくては。

どうにか気持ちを落ち着けて、仕事に戻ろうとしたときだ。

再度、スマホが鳴って歩はびくっとする。

恐る恐るメールを開く。相手は確認しなくてもわかった。

『さきほど伝え忘れたが、今日の夜は同行しなくていい。先方の希望が料亭だから、今夜は着物の女性を手配することになった。また連絡するからいい子にしていろ』

メールには、用件だけが並んでいる。

予想外なことに、さきほどの理不尽な命令の続きではなく、今夜の予定変更を知らせる内容だった。内心でがっかりしつつ、了解の旨の返事を送る。

(料亭で着物って……もしかして、芸者さんでも呼ぶのかな……)

デスクに戻り、今度こそ真面目に仕事を再開しようとするのに、綺麗な女性たちにお酌をされている彼が思い浮かぶ。勝手に想像しておいて、胸がちくりと痛んだ。

大まかな予定は教えてもらっているが、会う相手の名前までは知らされていない。レイモンのほうで女性を手配するということは、今夜は彼が接待する側なのかもしれない。

今週は珍しく、まだレイモンからの呼び出しが一度もない。社内ですれ違うことも滅多にないので、今夜はやっと会えるだろうと密かに楽しみにしていたのに。

ついいままで、傲慢な命令をしてきた彼に憤慨していたのに、呼ばれなくなると、もう不要だと言われたみたいで酷く寂しい気持ちになった。

歩が女の恰好で同行しているのは、彼を騙した詫びのためだ。

そしてレイモンは、そんな歩を便利に使っているだけ。なぜ手を出されているのかはよくわからないが、ただ、自分たちが恋人と言えるような甘い関係でないことだけは確かだ。

そう考えると、胸に湧いた複雑な感情は、自分の勝手な我儘だとわかっている。

(レイモンの……馬鹿やろう……)

それでも——自分を接待要員から外したうえ、他の女性を呼ぶことまでは、できれば知らせないでほしいというのが正直な本音だった。

意気消沈していたが、勤務時間中にいつまでも落ち込んでいるわけにはいかない。

企画の制作に没頭して忘れようと決め、歩は精力的に仕事を進めた。

いま考えているのは、サイト内で担当ブランドの注目度を少しでも上げるために、人気の高い読者モデルを撮影に使い、ファッションクルーズ独占販売の商品を制作してもらうことだ。サイトのオリジナル商品というのはよくある企画だけれど、雑誌にも取り上げてもらえる率が高く、かなり販促効果がある。

仕上げた数案の企画書は、部長の加藤《かとう》に目を通してもらって問題がなければ、数社ある担当ブランドのほうに打診しに行くつもりだ。どのブランドとも、担当者とはすでに数年越しの付き合いで、それなりに信頼関係を築けていると思う。

最初はイベント開催時に列整理の人出が足らず、手伝いとして呼ばれたり、売り上げが伸びないなら契約を解除しなくてはならないと言われて悩んだりもしたが、そのたびにできる限りの販促を行って様々な便宜も図り、歩は自分の担当ブランドを大切にしてきた。

もちろん、一着でも多く服は売れてほしいが、そんな利益を上げたい営業としての義務感からだけではない。自社サイトを通さなくても、服を買った人が満足して、綺麗な服を着て幸せな気持ちになってくれれば……という純粋な願いがあるからだ。

その気持ちが伝わったのか、いまではどのブランドでも、『川崎さんの案なら』と、差し出した企画を前向きに考えてくれる。スムーズに採用してくれることも多く、頑張り甲斐があった。

定時を過ぎた部内では、ちらほらと帰り支度を始めた者の姿も見える。

それを目の端で眺めながら、今後のスケジュールをチェックし、歩は今日は少し残業していこうかと考えていた。急いで帰っても待っている人がいるわけではないし、やろうと思えば仕事はいくらでもある。レイモンからの呼び出しがない今日のような日に進めておけば、あとが楽になるはずだ。

最近、侑奈もこれまで以上に帰りが遅い。どうやらベンチャー企業経営の新しい彼氏とはうまくいっているようで、このままいくと本当に彼と結婚するのかもしれない。

妹が幸せになるのは嬉しいことだが、そうなると歩はひとりになってしまう。まだ先のことだろうが、もしそうなったら、いまのマンションには家賃的にも住み続けるのは難しい。どこか手ごろな部屋を探して引っ越さねばならないだろう。

この近辺は家賃がかなり高いので、ひとりで住むのなら、少し会社から遠めの部屋になるのも覚悟しなくてはならない。

そんなことを頭の隅で考えながら打ち合わせ用の資料を纏めていると、唐突に、なんとも言えないような寂しい気持ちが湧いてきた。

（ひとり暮らし、か……）

同居しているといっても、明るく社交的な性格の侑奈はいつも仕事に遊びにと飛び回っていて、顔を合わせない日もある。けれど、帰ってくる人がいるのと、完全なひとりだけの生活とでは、大きな差がある気がした。

一瞬、レイモンの顔が頭に浮かんで、慌てて掻き消す。

（馬鹿だな……なに考えてるんだ？）

セレブな彼が、どう考えたところで歩が暮らしているごく一般的なグレードの賃貸マンションで一緒に住んでくれるはずがない。

そもそも、彼は歩の恋人ではない——想像するだけでも図々しい話だ。

気分を切り替え、本腰を入れて残業するためにコーヒーを淹れに席を立とうとする。そのとき、まるで引き留めるようなタイミングで、デスクの電話が鳴った。

レイモンはプライベートのスマホにかけてくるので、これは彼以外の人物からだとわかる。どこかのブランドからのクレームじゃありませんように……と願いながら、歩は受話器を取った。

＊

手配してもらったタクシーが着いた先は、一見大きな和風の邸宅に見える建物だった。長く続く塀のどこにも、看板らしきものは見当たらない。

（ほんとに、ここでいいのかな……？）

なんとなく不安な気持ちで、躊躇いながら歩は数寄屋門の脇にあるインターホンを押す。すぐに女性の声で応答があり、教えられた通りの言葉を言う。しばし待っていると、中から落ち着いた和服姿の女性が出てきて、中へと案内してくれた。

残業していた歩のデスクに電話をかけてきたのは、少々意外な人物だった。

『――営業部企画課、川崎です』

『社長秘書室の笹谷《ささや》です。すみませんが、いますぐにいつものお支度をして、社長が行かれている会食の席に行っていただけますか』

そう言われて歩は戸惑った。昼間、レイモン自身からのメールには『今日は他の女性を呼ぶ』とはっきり書かれていたからだ。

笹谷はレイモンの秘書だ。もしかして、なんらかの行き違いがあってそのことを知らないのかもしれないと思ったのだが『社長のご指示です。お急ぎください』ときっぱりと命じられて、口を挟む反論の余地もなかった。

今更なんなんだと思わなくもなかったが、彼からの指示だというなら断るわけにもいかない。

本当に自分が行ってもいいのか本人に訊きたかったけれど、電話もメールも、すでに接待の場にいるのであれば邪魔をすることになる。そう思うと気が引けて、結局歩は仕方なく仕事を切り上げ、まっすぐに笹谷の待つ社長室に向かうしかなかった。

前社長から引き続いて、いまはその息子であるレイモンの秘書をしている笹谷は、歩が女の姿で彼に同行していることを知っている数少ない人間のうちのひとりだ。

三十代半ばくらいで、見た目からしていかにも仕事のできる女性だし、実際有能なようでもあるのだが、歩は正直に言うと彼女が少し苦手だった。

〝なぜ、社長は普通の女性を帯同しないのか〟という内心の納得のいかなさが、歩を見る視線や態度にいつも滲み出ている気がするからだ。おそらく、同伴している歩がレイモンになにをされているか、雰囲気から薄々感づいているからだろう。

(ぜったい、俺嫌われてるよなあ……)

気乗りしないまま最上階に着くと、笹谷が待ち受けていた。レイモンが不在だからか、彼女に案内されたのは社長室ではなく、その隣のミーティングルームのほうだった。

会議机の上に並べられているのは、蝶柄の洒落た色合いをした小紋一式だ。すでにまとめ髪になっているウィッグと髪飾り、メイク道具も一通り揃えられている。

どうやら今日は、この着物を着ろということらしい。レイモンが用意する服はいつもシックな雰囲気のドレスと決まっていて、和装はこれが初めてだ。

笹谷からは着つけを手伝うと申し出られたが、丁重に断った。腐っても元呉服屋の孫なので、幼いころから袴や着物は何度も着ているし、使う機会はないが着つけの資格も持っている。

ドアを閉じてスーツを脱ぎ、着物を手に取ってみて、その手触りにふと歩は考え込んだ。

着物の格の高さは、ざっくりと紋つき、訪問着、小紋という順だ。紋つきは冠婚葬祭に着るものなので、和装で接待をするなら訪問着がもっとも格式の高い装いということになる。

しかしこの着物は、どうもポリエステル製の小紋のようだ。

つまり――パッと見は華やかだが、安価な普段着用の着物なのである。

帯の合わせ方によっては接待に使えないこともない柄だろうが、残念なことに帯も良い品というわけではなさそうだ。

行った先に着物にこだわりのある人がいなければ問題はないが、万が一、先方に詳しい人でもいたら、歩は恥をかくことになるかもしれない。

(急いで調達したレンタル品で、素材にまで気が回らなかったのかなぁ……)

いまさら変えてくれとも言えないが、自分なら、同じ予算の中でも上品な訪問着を選ぶ。せめてもの救いは、帯や帯締めなどとの色柄のバランスはとれていることだ。おそらく、知識のあるレンタル店のほうで無難に組み合わせてくれたのだろう。

一通り支度を終えると、歩は社長室のドアを開けた。

自分で着られますと言った言葉を信じていなかったのか、出てきた歩の姿に、待っていた笹谷は目を丸くしていた。

着物とのバランスを考え、今夜はあえていつもよりはっきりめのメイクを施してある。接待の場なので、帯は地味なお太鼓ではなく、清楚な変わり結びにしておいた。

ぐるりと歩の周りを一周してチェックし、どこにもおかしなところがないとやっと納得すると、笹谷は歩をエレベーターホールまで送った。

すでに地下駐車場にタクシーを手配済みらしく、行先は運転手に伝えてある、という。

『先方は地位のある方ですので、ご無礼のないように』と冷ややかに言う笹谷に、社長室のある階から地下へ直通で下りられるエレベーターに乗せて送り出された。

不安な気持ちを抱いたまま、料亭に到着した歩は、和服の女性のあとについて行った。

彼女は丹精された趣のある中庭を横目に縁側を進み、行燈ふうの照明が灯る離れへと向かう。

子供の頃の祝いごとで、地元の小さな料亭で食事をしたことはあった。しかしこの店は、建物の様々な設《しつら》えから見て、格式も料金も、過去に訪れた店より格段に高そうだ。

レイモンにこれまでに連れて行かれた立食のパーティやレストランを借り切っての会食とは、雰囲気がまったく異なっている。

――やはり今夜は、なにか重要な接待の日なのではないか。

あとで怒られても、やはりレイモンに一度、ここがどういう場なのか確かめておいたほうがいい気がする。内心で冷や汗をかきながら、無意識に歩の足が止まりそうになったとき、案内の女性が「こちらです」と障子越しに明かりの見える部屋を手で指し示した。

「――失礼いたします。もう一名様おいでになりました」

障子の前で膝をつき、止める間もなく彼女が中に声をかける。

『どうぞ』と返事があって、慌てて歩も膝をついて待つ。

すぐにスッと障子が開いた。

座敷の中にいたのは、スーツ姿の恰幅のいい中年の男と、華やかな着物姿の三人の女性たち――それから愕然とした顔のレイモンだった。

中央に大きな座卓が据えられ、彩りの鮮やかな料理と酒肴が並べられている。男ふたりは座卓を挟んで向かい合わせの座椅子に腰を下ろしていて、女性はふたりが中年男性の両隣に、そして残りのひとりがレイモンの隣についていた。

その全員の視線が、部屋の入り口に膝をついている歩に注がれている。

「おお、追加のコかい？」

歩がなにかを言う前に、嬉々とした様子で話の口火を切ったのは、脂ぎった顔の中年の男性だった。

「四人も呼んでくれるとは、東久世さんもなかなかサービスがいいねえ。ささ、私の隣に来たまえ。名前はなんていうの？」

座っていた女性をどかせて自分の隣の席を空けさせ、中年男性はにこにこ顔で歩に向かって手招きをする。

ちらりと確認すると、歩を手配した依頼主であるはずのレイモンの目は、平静を装いつつも、少しも笑ってはいない。

（ど、どうしよう……）

彼と目が合った瞬間にわかった。

――今夜、自分をここに呼んだのは、レイモンではないのだ、ということが。

いったいどこで行き違いがあったのだろう。のこのことやって来たことを心底後悔するが、賓客らしき男性にこうも歓迎されてしまっては『間違いでした』と誤魔化して帰るわけにもいかない。

もうここは覚悟を決めて接待に参加し、程よいところで抜け出すしかなさそうだ。

歩はぎこちない笑みを浮かべて男性のそばまで進み、「アユムです。今日は遅くなって申し訳ありません」とにこやかに答える。彼は嬉しげに頬を緩ませた。

「いいよいいよ、可愛いから許す。アユムちゃんはどこのお店のコ？　それとも出張専門かな？」

なんの疑いもなく、この男性は歩を出張ホステスだと思い込んでいる。無理もない。必死に当たり障りなさそうな返事をしていると「若いコはいいねえ、ほら、肌の張り艶が違うよ。ユリちゃんも見習って」とにやけている。ユリと呼ばれた、男性を挟んで反対側にいる女性は「水野《みずの》様ひどいわぁ」と大袈裟に顔を覆っている。

女性たちはやはり落ち着いた上品な訪問着姿だ。

派手な化粧と襟の抜けた独特な着つけは夜の商売ふうだが、皆この場の格式に相応しい装いをしている。接待のプロらしい彼女たちからちらりと身なりを確認されると、場違いだと責められているようで、歩は自分が着ている着物が恥ずかしくなった。水野と呼ばれた主役らしき男性がまったく着物の格差に気づいていないようなのがせめてもの救いだ。

「さあ、アユムちゃんも飲んで。人数が増えたからお酒を追加してもらおうか」

「では、仲居を呼びましょう」

水野はすっかり上機嫌で、レイモンに仲居を呼ばせ、いろいろと追加注文をしている。

――この男性が誰なのか、今夜の会食がどういった目的で催されているのか。

それすら教えてもらっていない歩は、いまはただ場の雰囲気を壊さぬよう、笑顔でホステスの振りをするしかない。

（笹谷さんだ……）

どれだけ違うと思おうとしても、仕組めるのは、やはり彼女しかいない。

デスクに電話がかかってきたあのときから、どこか奇妙な違和感を覚えていたのだ。

ひとつは、一度は不要だと言われた場に、レイモンのエスコートなしであとから呼ばれたこと。

そして、もうひとつは、女装の依頼が彼本人からではなかったことだ。

最初のとき以降、レイモンが歩の呼び出しを他者に任せたことは一度もない。彼の性格からして、たとえ連絡が難しい状況だったとしても、秘書を挟まずにひとことくらいはなにか伝えてきそうな気がするのに。

しかし、もし笹谷が、気に入らない歩に失態を犯させるために仕組んだのだとしても、場が悪すぎる。

招待された場所であれば、レイモンは即座に歩を連れ出していただろう。そうしないのは、おそらく、この場で水野の機嫌を損ねることができないからだ。

水野はユリからつまみを食べさせてもらい、歩にはお酌をさせて、非常にご機嫌だ。隙あらば肩を抱いてきたり、顔に触ろうとされてそのたびに冷や汗をかくが、「いやだわ水野様、アユムちゃんはまだ若いんだから、苛めないであげて？」と言って、ユリがにっこりしつつも彼の手を握っては、うまく助けてくれる。着物の選択や話術の拙《つたな》さから、歩が素人同然だとわかったのだろう。ユリが歩に作ってくれる水割りは、ほとんど酒が入っていなかった。

思いがけぬ優しさには救われるが、肝心のレイモンは無関心な様子だ。歩が勝手に来たと思い込んで、どうやら怒っているらしい。彼は水野の武勇伝に時折相槌を打つくらいで、両隣のアオイとアカネに時折酒を注がれて、静かに呑んでいる。

和服の美人なホステスから思わせ振りに耳打ちをされたり、手に触れられて頷いているところを見ると、なんの話をしているのかとモヤモヤして思わず目を逸らしてしまう。自分も女装で接待中だというのに、座卓の向こうにいるレイモンのことばかりが気になって仕方ない。庇ってくれるユリに感謝しながら自分を叱咤して、歩は必死に水野の話を聞く振りをして笑顔を作った。

唐突に水野が「そろそろこの店にも飽きたな」と言い出した。

「みんなでゲームでもして、勝ったコと次の店に行くか。野球拳はどうだい？」

女性たちから、一気に笑い交じりの悲鳴と駄目出しの声が上がった。脱ぐわけにはいかない歩はそれどころではなく、貼りつけた笑みの下で内心血の気が引く。

するといい加減に痺れを切らした様子のレイモンが、やんわりと水野を止めに入った。

「水野さん。すみませんが、お遊びはそこまでにしてください」

「ああ、わかっているよ。脱がせるとオプション料金が必要になるんだろう？　そのくらいなら私が経費で落としてやるから。それ、最初はユリちゃんとアオイちゃんで――」

強引に女性たちを煽ってゲームを始めようとした水野に、冷静な口調でレイモンが口を挟む。

「代金の問題ではないんです。そろそろ今夜の本題に入らせてくれませんか」

強い口調で言われて、水野が面白そうに口を歪める。レイモンは怯まず、女性たちを見た。

「この先の話題は彼女たちにはつまらない話でしょう。さあ君たち、すまないがいったん席を外してくれないか。ああ、帰りの足代はもう女将に渡してあるから、それぞれ受け取っておいてくれ」

暗に『もう帰って構わない』と伝えられて、女性たちは名残惜しそうな顔を作って、水野とレイモンに頭を下げる。「ご馳走様でしたぁ」と言ってそそくさと部屋を出て行くユリが、歩にも目くばせをしてくる。いまがチャンスなのだとハッとした。

やっとこの場から抜けられると安堵して、歩も急いで彼女たちのあとに続こうとする。

しかし、腰を上げかけたとき、唐突にぎゅっと手を掴まれて、驚きに振り返った。

水野が逃がさないというように、しっかりと歩の手首を掴んでいる。彼は酔った赤ら顔でチッチッと舌打ちをした。

「ダメだよ、君まで帰っちゃ。アユムちゃんはまだ来たばっかりだろう？　せめて代金分は働かないと」

「水野さん、部外者のいるところでできる話ではないでしょう。あとでまた呼びますから、いったん彼女も退席させてください」

レイモンが助け舟を出してくれたが、水野は逆に歩の手を強く自分のほうへ引いた。

「わ……っ!?」

よろけた歩は、最悪なことに水野の膝の上に乗るかたちになる。着物を着た歩の下腹に手を回し、逃げられないように背後からしっかりと押さえ込んで、水野は言い放った。

「ホステスだって馬鹿じゃない。店でちゃんと秘密厳守のマナーは仕込まれているものだし、小耳に挟んだ話を金儲けのためにどこかに持ち込んだりしたらどうなるか、彼女だってよくわかっているよ。——ね、アユムちゃん」

「あ、あの、私……」

水野のいかにも含みのある脅しに、歩は動揺した。いったい、なんの話をするつもりなのか。興味のない話を聞かせた挙句に口止めするくらいなら、いますぐ解放してほしい。「それに、女のコがひとりもいないんじゃ、美味い酒もまずくなる。アユムちゃんも帰すっていうなら、話し合いをする気はない。また日を改めさせてもらうよ」

女好きで頑固な水野に、さっさと話を進めたほうがはやく終わると諦めたらしい。レイモンが腹立たしげに息を吐き、「では、本題に入らせてもらいます」と口を開いた。

「はっきり言わせていただきますが——私のほうでは、前社長と同じ待遇をあなたに用意するつもりはありません」

意外な言葉だったのか、歩を抱き竦めている水野の躰がぴくっと揺れた。

「やれやれ。大学の同窓生であるお父さんと私が、長らく懇意な間柄だったことは、君のところの秘書から伝わっているはずだが？」

「ええ、聞いています。父が我が社の代表取締役社長で、あなたが経済産業副大臣だった昨年までの間、海外から輸入した美術品の積荷について、与信審査をスルーさせたり関税を軽減したりなど、あらゆる面で副大臣権限を使って便宜をはかってもらっていた——と。水野さんが退任なさってからは恩恵は受けていないはずですが、お礼の慣習のほうだけはずっと続いていたようですね」

鼻の下を伸ばしたただのエロ親父にしか見えない水野は、驚いたことに政治家だったらしい。その事実以上に、歩はレイモンが淡々と口にした話に息を呑んだ。

（……この話って、もしかしなくても……犯罪ってことだよな……）

もう売却しているが、前社長は少し前まで個人で美術館を所有していた。アルタイルの子会社としてベガコーポレーションという個人会社を設立し、各国からかなり高価な美術品の輸入を行っていたはずだ。

もし水野の言うことが事実ならば、その会社で前社長は脱税行為をしていたことになる。しかし、前社長から利益供与を受けていたというなら、水野のほうも贈収賄などの罪に問われるはずだ。たまに政治家の収賄事件はニュースにもなったりするが、額の大きさや悪質度によっては、実刑が下されることもある。

思いもよらない話だった。とはいえ、前社長の犯した罪は、平凡な一社員の歩の生活にも無関係とは言えない。手を引く取引先も出てくるかもしれないし、株価にだって影響があるだろう。知りたくなかったと思いながら、歩は水野の膝の上で固まり、ひたすら話の流れに耳を傾けた。

「だったら話ははやいじゃないか。私はただ、その寄付金を今後も同じように続けてほしいと言っているだけだよ」

満足げに言う水野は、つまり——副大臣を退任してなんら優遇ができなくなったこれからも、金だけはくれと図々しく要求しているようだ。

「ですから、お断りします。父とあなたは懇意だったかもしれませんが、私とはなんの関係もない方だ」

取りつく島のないレイモンに、水野の声が低くなった。

「……もし私がバラしたら、病床のお父上がどんな罪に問われるか、どのくらいの追徴課税や重加算税がきて、跡継である君が相続時にどれだけ莫大な損をするか……私にはお父上の人生も、そして君の人生も、簡単に潰せるんだ。そこのところは、よぉくわかってるのかい？」

あからさまな脅迫に、レイモンが不敵に笑った。

「……もちろんわかっていますよ。ですが、誰の名で告発するつもりですか？　あなたと父は、いわば一蓮托生だと思いますが」

ハハッと水野は笑った。

「秘書が勝手にやったことだという話にすれば、私にはなんのお咎めもない。何億か金を積めば、何年か実刑を食らうことくらい受けてくれる奴はいくらでもいるからな」

そう言いながら、着物越しの尻をいやらしく撫で回され、歩はぞっとして身を硬くする。

それを見て、レイモンの目がにわかに険しくなった。

「――残念ですが、そうはいかないようですよ」

彼がスーツのポケットからなにかを取り出し、座卓の上に置く。よく見ると、それは小型のボイスレコーダーだ。

「こんなものが、私への脅しの材料になるとでも？」

鼻で笑う水野に、レイモンは口の端を上げて言った。

「これだけではありません。父はああ見えて意外と用心深かったみたいで、これ以外にも、あなた本人が父の脱税を主導し、多額の利益を得ていた証拠が、実は音声でも書類でも、たっぷりと残っているんです。公にすれば、もちろん父も罪に問われますが、あなたも共倒れですね。いま籍を置いている天下り先の会社も、即刻職を追われることになるでしょう」

予想外の反撃に、水野が反論する言葉を失ったのがわかる。前社長が証拠を残している可能性を、どうやらまったく考えていなかったらしい。

レイモンは止めを刺すように微笑んだ。

「ああ、そうそう、もうひとつ。病床の父は、もうそう長くはなさそうなんです。私はあなたに知らされて状況を知ったばかりでまったくの無罪ですし、正直、父から継ぐ予定の財産には執着もないので、相続放棄しても一向に構いません。つまり――罪に問われて本当に困るのは、実は、あなただけなんですよ」

しばらくの間、水野は黙り込んでいた。

息を殺して、レイモンのほうを睨んでいるのがわかる。

「逆に、私のほうから父の犯罪の証拠を見つけたといって、告発しても構わないのですが」

涼しげな顔で言うレイモンの言葉に、水野はなにも言わない。後ろ暗いところが山ほどありそうな彼には、そうすればいい、と言うことはハッタリでもできないのだろう。

歩の目から見ても、レイモンのほうは明日にも本気で訴え出てしまいそうに見えた。

「それがお望みではないのなら、今回の申し出はなかったもの、ということで——よろしいですね?」

駄目押しをされて、忌々しげに水野は舌打ちをした。

歩を乱暴に膝の上から下ろし、彼は酒の杯を取って残りを一気に飲み干す。

「君はもう帰れ」とレイモンに言い放ち、よろめきながら立ち上がると、唐突に水野は歩の手を引っ張った。

「アユムちゃん、酒がまずくなったから、隣の部屋に行って少し休もうか。膝枕でもしてくれるかい」

「いっ、いえ、私は……」

ぎょっとして慌てて断ろうとする。馬鹿力で思い切り掴まれて、本気で手が痛い。

「申し訳ありませんが、行けません、離してください」と必死に言って手を取り戻そうとするが、和服姿なので抵抗にもうまく力が入らない。

ぜったいにお断りだと思ったが、目が据わった水野は構わずににんまりと笑い、ぐいぐいと歩の手首を引っ張って無理に連れて行こうとする。

ひ弱なインドア派とはいえ、歩も男だ。全力で本気を出せば蹴り飛ばして逃げることもできると思うが、万が一暴力沙汰になってしまったら、この男はすごい賠償金を要求してきそうな気がする。

そのうえ、もしかしたらこの場に同席して、密談を交わしていたレイモンの立場も微妙なものになってしまうかもしれない。

迷いが生じたせいか抵抗が弱くなった。その隙を突かれて、歩はずるずると畳の上を水野の手で引き摺られ始めた。

「大丈夫だよ、ちょっと付き合ってくれたらお店のほうにも手数料をちゃんと払う。お小遣いもたくさんあげるから、ほら――うぎゃあっ！！？」

唐突に手が離れ、ハッとしてもがいていた歩は声のほうに視線を向けた。

そこには、座卓を回って来たレイモンが、歩の手を引っ張っていた水野の腕を背中に向けて捩じり上げる姿があった。

「はっ、離さんかっ、私を、誰だと思っているんだ!!」

害虫でも見るような目で、怜悧な容貌に険しい表情を浮かべて水野を見下ろし、レイモンは容赦もなくさらに手に力を込める。水野の口からふたたび悲鳴が上がった。

「――紳士的じゃない行動は女性に嫌われますよ。車を呼ばせますから、いますぐに大人しくお帰りください」

どういう技なのか、体格のいい水野をレイモンは腕一本だけでやすやすと封じ込めている。苦悶の表情を浮かべた水野は、逃げるどころか満足に抵抗する余裕すらなさそうだ。

歩が加勢する必要など、まったくない。

歩はただ呆然と、思いがけないほど腕が立つレイモンと、それから拘束されて脂汗を滲ませる水野とを見上げていた。

「……わ、わかった！　帰るから、手を離さんか‼」

しばらくして、耐え切れなくなったのか、水野がだみ声で叫んだ。

解放されると、すぐに彼は逃げるみたいにレイモンから距離を取る。よほど痛かったらしく、掴まれていた腕をさすっている。

「若造が……覚悟しておけよ」と低い声で捨て台詞を吐くと、彼はどすどすと音を立てて部屋を出て行った。

足音が遠くなる。車を呼べと怒鳴る声が、通路の向こうから聞こえた。

（よ、よかった……）

思いがけない展開に、歩は呆然としてへなへなと畳の上にへたり込んだ。

すぐそばで仁王立ちをしたレイモンが、その姿を冷ややかに見下ろしてくる。

「――なぜ来たんだ」

苛立ちを隠さない厳しい口調で問い質され、歩はうつむく。

「来なくていい、とメールをしただろう。君から了解の旨の返事も受け取ったと思ったが、私の勘違いだったか？」

「ご、ごめんなさい、俺……」

理由を説明したかったが、全部呑み込んで謝罪した。誰にどう仕組まれたのだとしても、歩は拉致されて連れて来られたわけではない。

おかしいと思いながらも来てしまったのは、自分の決断だ。

自らの考えの至らなさが憎くて情けなかった。逃げそびれたのがもしユリたちの誰かだったら、同伴を強要されたところでもっと上手に躱すことができただろう。そもそも、彼女たちならひとり逃げ遅れてこの場に残るような失態は犯さなかったはずだ。

歩がうまく立ち回れなかったせいで、レイモンは水野をさらに怒らせることになってしまったのだ。執念深そうな男だったから、恨まれて彼に報復がこないか心配でたまらない。

自責の念に苛まれ、へたりこんでうつむいたまま、手を固く握り締める。

ふいに、目の前の畳に彼が膝をついたのが目に入る。

気づけば背中を強く引き寄せられ、彼の腕の中に抱き竦められていた。レイモンは歩を胸に抱くと、安堵したように深い息を吐く。

もう一度謝ろうとしたとき、顎を掴まれて強引に上向かされた。

「んん……っ！」

荒っぽく唇を押しつけられる。すぐさま唇の狭間に熱い舌が捻じ込まれた。

アルコールの味のする舌を喉の奥まで呑み込まされて、咥内を激しく蹂躙される。水野には手に触れられただけでも怖気《おぞけ》が走ったのに、レイモンにはこんなふうに感情を直にぶつけるような口付けをされても少しも嫌じゃない。むしろキスをされてホッとしたほどだ。

「ン……ぅ」

味わうみたいに舌と舌を擦り合わされ、滲んできた唾液を呑まされる。少しも抗わず、従順に口を開けて彼のすることに従った。

執拗に歩の舌を吸い上げながら、彼の手が耳朶を揉み、うなじを撫で回してくる。熱く大きな掌の感触が心地いい。

ここ数日呼び出されることがなかったので、レイモンに触れられるのも数日振りだ。そのせいか、情熱的な口付けを受けているだけで、着物に包まれた躰が熱くてたまらなくなってしまう。

こうしてしっかりと抱き締められてキスをされていると、腹を立てているレイモンが、それ以上に強く心配してくれていたことがわかった。

来るなと伝えたのに、目の前でよりによって水野の接待をする羽目に陥った歩を見て、相当に苛立ったはずだ。さらには不仲とはいえ病に臥せっている父親の名声や財産を人質に脅されまでした。それでも、最後まで冷静に話をつけようとしていた彼は大人だと思った。

一頻り貪ってようやく満足したらしい。やっと唇を離すと、レイモンはもう一度強く歩を胸に抱いて、深く息を吐いた。

「君が誰に言われてここに来たのかは、わかっている。――笹谷だろう？」

「え……ど、どうして、それを？」

まさか、彼が気づいていたとは思わなかった。

驚いている歩を見下ろして、少々呆れた顔でレイモンは眉を顰めた。

「私が今日、この料亭で会食することを事前に知っていたのは、店の予約を頼んだ笹谷と、それから前社長と元大臣の裏取引の事実を知っている専務だけだ。そして専務は、私がパートナーとして女装姿の君を連れ歩いていることは知らない――そうなれば、誰がしかけたかなど簡単にわかる」

笹谷の仕業だとわかった理由を理路整然と説明されて、歩も納得する。

残業中に彼女からデスクに電話がかかってきて、予定変更を伝えられた経緯を説明すると、だいたい想像がついていたのか彼は頷いた。

「彼女は……父の愛人のひとりだったと聞いている」

苦い顔でレイモンは言った。歩は言葉が出なかった。社内にも前社長の愛人がいるという噂は耳にしたことはあったが、まさか本当だとは思わなかった。

「自分の引退後も秘書を続けたいという彼女の要望を汲んでやってほしいというのが、父からの依頼だった。……だが、安易に聞くべきではなかったようだな。彼女は、君に恨みがあるわけではないんだ。態度には出さなかったし、仕事上は真面目に勤めてくれていたが、前妻の息子である私が社長職を継いだことが、最初からずっと気に入らなかったんだろう。然るべき処分をするしかない」

「ま、まさか、クビ……なんですか？」

そこまで確固たる処分を下されるほど、自分は酷い目には遭っていない気がする。

「公に処分したい内容ではないからクビにはできないが、おそらくグループ会社へでも出向させるかたちになるだろうな。やっかいな接待の場にわざわざ送り込んで、私の大切なものを危険に晒そうとしたんだ。手違いで済む話ではない」

クビではないと聞いてホッとする。

しかし、歩には、笹谷の気持ちがまったくわからなかった。

たとえレイモンの存在が憎くて、彼に頻繁に呼ばれる歩の女装を不快に思っていたとしても、長年勤めた仕事を失ってまで陥れたいほどだったんだろうか。

自分がやすやすと彼女に誘導されたことに罪悪感を覚えていると、レイモンが少しだけ声音を和らげた。

「まさかと思うが、情けをかけようというのではないだろうな？　彼女はおそらく、君を今夜送り込むことで、私を激昂させてあの男と揉め事を起こさせたかったんだ。前社長ならともかく、現社長のゴシップはアルタイルにも大きな影響を及ぼす。刑事事件になれば、彼女にすればしてやったりだ。私は代表取締役社長の職を追われるだろうからな」

「そ、そんな……！」

単なる嫌がらせかと思っていた。考えも及ばなかった笹谷の真の目的を教えられ、歩は愕然とする。

「それに、右隣にいたユリがうまく庇っていなければ、君はもっと水野に触り捲られていただろう。そのうえ、有り得ないことだが、もし私がひ弱な男だったら、あのまま奴に持ち帰られていたかもしれないんだぞ？」

そう言われるとぞっとする。にわかに、水野にきつく手を掴まれたときの嫌悪感が蘇ってきた。

「笹谷は過ちを犯したが、馬鹿じゃない。むしろ、私と私の恋人を陥れて、出向で済むなら軽いと自分でもわかっているはずだ」

一瞬納得しかけて、次の瞬間、彼が口にした言葉に歩は目を瞬かせた。なにを言われているのかわからない。

（恋人〝の振りをしている人間〟っていう意味、かな……）

「――それから、歩。私は君にも怒っているんだぞ」

混乱しているところに低い声で宣言されて、ぎくりとする。

「君が、どう言い含められてここに向かわされたのかはわからないし、もっとも悪いのは計画した笹谷だ。だが、私は君に直接メールを送ってあったはずだろう。どうして彼女から指示されたあと、私に確認しない？」

「ですが……会食が始まっていたら、邪魔になる気がして」

おずおずと答えると、レイモンはがっくりと肩を落とす。ため息を吐くと歩の頬を両手でそっと包み込み、彼は真剣な表情で目を覗き込んできた。

「邪魔になるようなときは出ないから問題ない。歩、今回は嫌がらせ紛いのことで済んだが、これが身代金目的の誘拐だったら命に関わるんだ。脅すわけではないが、せめてもう少し自衛してくれ」

一社員でしかない自分には誘拐の危険性など皆無だとは思うが、レイモンに女の姿で同行しているときは話が違うとわかる。彼が本気で心配してくれていることがわかり、はい、と歩は素直に頷いた。

やっと安堵した顔を見せ、レイモンが今度は歩の手を取る。

着物の袖口から覗く手首は、いつの間にかぐるりと赤くなっていた。

水野に強く掴まれたときの痕だ。眉を顰めてそれを眺め、レイモンはそっと慰撫するみたいに撫でてくれる。

「……女好きの下卑た男だと聞いていたから、君を同行させるつもりはなかったんだ。面倒な相手なら、接待に定評のあるプロの女性たちを揃えて、なるべく穏便にことを済ませようと考えていたんだが……甘かったな」

痛かっただろう、と尋ねられて、大丈夫です、と首を横に振る。

「すみません、のこのこ来た俺のせいで、あんなことになって……」

レイモンに手を出させることになってしまい、申し訳なさに身の置き所がない。

「いや……結果的には、ああいうかたちで終わってすっきりしたよ」

意外な言葉に、おずおずと身を離して彼の顔を見上げる。

「……大丈夫、なんですか？」

「ああ。どうやら、あの男は金だけ懐に入れて、手続きは本当に秘書任せのようだ。そもそも父の私的な輸入業に使っていたベガコーポレーションは、設立時こそアルタイルの子会社扱いだったが、すぐに完全に切り離している。役員もすべて別の人間だし、連結決算でもなく、会社自体もう処分済みだ。つまり……たとえ元大臣がなにかを公にしようとしても、父が代表職を離れたいまとなっては、我が社にはいっさい関係がないということだ」

彼が説明したのは意外な事実だった。

「それに、君が無闇に暴れずに耐えていてくれたことも、賢い選択で助かった。水野は訴訟魔で有名なんだ。強引に迫られて、逃げるためにたとえかすり傷ひとつでも負わせれば、それを盾に君を脅すつもり満々だっただろう」

元大臣のくせにまるで当たり屋みたいな男だ。そのとき、レイモンが彼の腕を捩じり上げたことを思いだし、歩は青くなった。

「社長を、訴えてくるつもりでしょうか……？」

「大丈夫だ。予めそのことを危惧して、私は彼の動きを封じただけで、怪我はいっさい負わせていない」

余裕のある笑みを浮かべたレイモンに、歩は安堵して胸を撫で下ろす。

「水野は笑える捨て台詞を吐いていたけれど、こちらを裏から脅すことはできても、実際に表立って告発することなどできるはずがない。『副大臣時代に、自分は一企業に対して特別な便宜を図り、その見返りに賄賂を受け取っていました』と自白するも同然だからな」

言われてみれば、確かにそうだ。

しかし、普通の人間なら、水野の脅しに屈して、金でことを荒立てずに穏便に済むのなら……と口止め料を払ってしまいそうな気がする。

「まあ、あちらにもそれなりの人脈はあるだろうから、なんらかの細かい嫌がらせぐらいはしてくるかもしれないが……やりたければやればいいさ。万が一前社長の脱税が発覚したとしても、一時的に株価は下がるだろうが問題ない。父を槍玉に挙げさせてでも、アルタイルと社員は私が守るから、心配はいらない」

会社は大丈夫だと宣言されて、心底ホッとした。

それと同時に、きっぱりと言い切ったレイモンに、がらにもなく歩は胸がときめいてしまった。

彼は、なんて潔いのだろう。

それに比べて、いつも迷ったり、自己嫌悪に陥ってばかりの自分がなんだか恥ずかしくなる。

もし、自分にも彼のような強さがあったなら。

就職活動のときだって、テキスタイルデザイナーになりたいのだと土下座してでも親に頼み込み、夢を諦めることなどぜったいにしなかった気がする。

前社長は、在任中も女性関係のゴシップ的な噂しか聞こえてこなかったし、下っ端社員とミーティングで会うようなこともほとんどなく、遠い存在だった。

しかし、レイモンは血の繋がった息子ながら、前社長とはまったく違う。一見冷たいし、なにを考えているのかわからない雰囲気はあるが、その実、経営者としての自らの立場と手にしているものへの責任感とをしっかりと認識していて、人の心を惹きつけるような強烈なリーダーシップまでもが備わっている。

――彼がトップにいれば、会社はきっと大丈夫だ。

これからもずっとレイモンの下で働いていきたい。歩は、そんな尊敬を交えた強い気持ちが、自分の中に芽生えるのを感じた。

心の中で感銘を受けていると、なにを思ったのか、しげしげと彼はこちらを見つめてきた。

「君の和装は初めて見たが……よく似合う。なかなか風情があって、いいものだな。ただ、この着物は少々安っぽい気がするが」

笹谷が用意してくれていたものだと知ると、彼は眉を顰めた。

「今度私が、改めて君に合うものを選んで用意させよう。あまり着物について深い知識は持っていないが、君に着せるなら吟味したい。色が白いから、歩には上品な淡い色が似合いそうだ。ああ、京友禅の工房に知り合いがいるから、なんなら直接選びに行くというのもよさそうだな」

頭の中でどんな着物がいいかと考えているらしい彼は、いまにも一緒に買いに行こうと言い出しそうだ。

「どうした？　洋服のほうがいいか？」

「いえ、その……着物も好きなんですが、友禅はかなり値段がするものですから」

やんわりと断ったつもりだったが、レイモンはまったく意に介さない様子だ。

「もちろん君に払わせるつもりはない。値段にかかわらず、君にはもっとも似合うものを着てもらいたいんだ。私は無駄なことにはいっさい金は使わないが、愛する者のために使う金は惜しまないよ」

（……愛する者――……）

さきほども彼は、歩のことを〝恋人〟と言った。

歩が驚いているのに気づいたらしく、不思議そうにレイモンが尋ねてきた。

「どうかしたのか？」

「あ、の……よくわからないんですけど……もしできたら、いまの……もう一度、言ってもらえませんか……？」

歩の頼みに、一瞬面食らった様子のレイモンは、ふっと口元に笑みを浮かべてすぐに願い通りにしてくれた。

「〝私は、愛する歩のために使う金は惜しまない〟……これでいいか？　珍しいな、君がなにかおねだりをするなんて。欲しいものがあるなら明日にでも買いに行こう」

なぜか嬉しげに「遠慮するな、なんでもいいぞ」と言われて、おねだりだと誤解されてしまった歩は慌てて首を横に振った。

「いえ、欲しいものがあるわけじゃないんです。そうじゃなくて……、その、愛する人、って、あの……」

もじもじしながら尋ねると、彼はあっさりと答えた。

「君のことだろう、歩」

そう言われて、歩は衝撃を受けた。

「日本語は八年しか学んでいないが、なにかもっとロマンチックな言い方があるのか？　ならば、教えてくれ」

顚を取って口付けようとしてきた彼が、ふと怪訝そうに歩の目を覗き込む。

「――なぜ、驚いている？　私はなにかおかしなことを言ったか？」

いつから、なぜ、そんなことになっていたのか。

自分は、お見合いパーティで彼を騙した詫びのために、業務時間外に女装をして、女の同行者の代わりをしていただけのはずではないのか――。

重ねて尋ねられ、自分の中のそんな認識を狼狽えながら説明した。着物を買いに行く話をしていたときまでは上機嫌だった彼が、みるみるうちに苦い顔になっていくのがわかる。

「……つまり君は、これまでのすべてを、私が詫びのために強いていたことだと思い込んでいたのか。会うたびに自宅に連れ帰って、あれほど情熱的なセックスをして、休日までともに過ごしていたというのに？　いくらもともとゲイだったとしても、君は恋人でもない男に詫びで何度も躰を許すのか？」

歩はおずおずとうつむいた。あまりにも彼がショックを受けている様子なので、自分の言い分を口にすることができない。小さな声ですみません、と言うのがせいいっぱいだ。

それを聞いて、レイモンはさらに苦しげな声で続けた。

「私は……非常に衝撃を受けている。勝手な人間だという自覚はあるが、自分の気持ちが変化したあとは、ちゃんと君を恋人として扱っていたつもりだ。それなのに、どうしてそんな誤解をしたんだ。きちんと指輪を渡していなかったからか？」

「だって、その……特に、なにも、言われてなかったので……」

「……つまり、誤解の理由は、私が〝愛している〟と口にしていなかったからか」

顔を上げたレイモンに真顔で尋ねられ、躊躇いながら頷く。

〝可愛い〟〝愛らしい〟〝綺麗だ〟

そんな賛美の言葉をかけられたことはあっても、思いを表す言葉をもらった覚えはなかった。

言われていたら、きっと嬉しくて、ぜったいに忘れるはずがない。

しばらく自らの顎に手を当てて考え込んでいた様子の彼が、ふいに口を開いた。

「日本の男のことはよくわからないが……私の周りの男たちは、そう簡単には〝愛してる〟という言葉を口にしない」

「そうなんですか……？」

あくまでも歩のイメージだが、海外の男性は、恋愛ごとに積極的でいつも愛の言葉を口にしているような印象がある。

「ああ。言い始めたら毎日でも言うが、〝好きだ〟とは意味の違う言葉だ。覚悟が固まってから口にするべき言葉だから、むしろ、そう伝えるまでに時間をかけるほうが誠実だと考える節すらある。私はハーフだが、欧州に長く住んでいたからどちらかというと考え方はそちら寄りだと思う。もちろん、人によって会った日に告げる者もいるだろうが、それなりに資産を持つ者は、その言葉を捧げた相手とは将来を考えるものだと教えられてきた。そう考えると、私たちの行き違いは、まあ仕方のないものかもしれないな……」

責めてすまなかった、と謝られて、歩は慌てて首を横に振る。

「勝手に伝わっているものだと思い込んで、言葉が足りなかった私が悪かった」

着物の膝のあたりを握り締めていた歩の手を掬い取り、彼は両手で包み込む。

「歩……改めて言わせてもらう。私の恋人になってくれるか」

真摯な目に射貫かれて、答えようとした唇が震えた。

「でも……どうして、俺を……？」

彼は最初、自分を欺いた歩に酷く憤っていた。『ユウナ』のことは気に入っていたのだろうが、『歩』は許さず、罰を与えようとしたほどだったのに。

「どうして、か。そうだな……」

思いがけないことを尋ねられたみたいに、少し考え込んでからレイモンは口を開いた。

「初めて出会った夜、パーティで見かけたとき、どうしてか目が惹かれた。あの場で一番綺麗な女だったからだろうと思っていた。しかし、話しかけたらやけにつれなくされて、余計に興味が湧いたのに、君は消えてしまった。その後、『ユウナ』が男だったと気づいて……私は激怒した」

　思い出しながら、ゆっくりと、彼は自分の中の変化を説明していく。

「気になった相手に逃げられたのは初めての経験だったし、自社の社員だった君の女装を見抜けなかった自分の目の節穴さも、とにかくすべてが猛烈に不愉快だった。だが、多少の腹いせぐらいはさせてもらおうと思っていたところへ、呼び出されてやって来た君は、詰問する私に一言も言い訳をせず、真摯に謝罪してきた」

　あのときの切迫した気持ちが蘇る。顔を強張らせた歩の手を彼はそっと撫でた。

「逃げるためではなく、詫びのための退職を申し出られて驚いた。事前に調べた君の社内外の評価は完璧に近く、営業部内でも五本指に入るほどの利益をあげていた。辞めさせる理由は見当たらなかったし、日本は再就職が難しいと聞いている。よほどの覚悟をしての決断かと思うと、想定外の潔さに、もうその時点で怒りは解けていた……猛烈な憤りが一転して好意に変わったのは、そのときだったかもしれない」

　彼は捕まえるように握った歩の手に視線を落とす。

「君には、総じてそういうところがある。どう言ったらいいか——海外で好まれるこの国の美徳は、侍のイメージだが、それに近いものだ」

「そ、そんなことないです。俺は、自分でも嫌になるくらい、いつも迷ってばかりで……」

「欠点を挙げるとすれば、いまのように、自己肯定感が足りないところだな」

優しく引き寄せられ、頬にキスをされる。

「それからは、君も知っている通り――私は、身も心も、いまではすっかり君の虜だ。自宅に連れ込んで朝を迎えたあとは、思いは通じたものと安堵して、勝手に君の恋人になったつもりでいた、愚かな男だよ」

熱っぽい目で見つめられながら自嘲的に囁かれる。切ない本音交じりの告白に、心臓を握り締められたような気分になった。

「まだ、説明が必要か？」

ゆるゆると首を横に振った。

「私の……恋人になってくれるな？」

頼むのではなく、確認された。自分でいいのかと迷う余地を与えない、有無を言わせぬ言い方が彼らしくて、歩の頬に笑みが浮かぶ。

頷くとすぐに、胡坐をかいた彼の膝の上に横抱きに載せられて、唇を奪われた。熱っぽく舌を搦め捕りながら、熱い手が首筋を撫でてくる。頭がぼうっとするほど甘い口付けに躰が痺れていく。

襟元をぐっと引かれたかと思うと、今度は首筋に口付けられた。

「あっ」

きつく吸われて、びくんと躰が震える。顔を上げたレイモンがその場所を指でなぞり、口の端を上げた。

「安心していい、シャツの襟もとで隠れる場所だ」

「で、でも……困ります」

「なぜだ？」

「妹と同居してますし、もし見られたら、びっくりしていろいろ聞かれるかも……」

ムッとした様子のレイモンは、一瞬ののちに、とんでもないことを言い出した。

「……妹か。近いうちに挨拶しに行くから、紹介してくれ」

歩が絶句していると、「大丈夫だ。〞私がこの痕をつけた〞などと言ったりなんかしないから」と言って彼はにやりと笑った。侑奈の前でも構わずにキスぐらいはしてきそうだ。

歩が釘を刺すより前に、唇をもう一度塞がれ、着物の上から躰のラインを辿られる。

「ここに君が入って来たときから、脱がせたいと思っていたんだ」

顔を寄せて耳朶に囁きを吹き込みながら、彼の手が帯の上を探る。華やかな色の帯揚げが引き抜かれて、あっと思った次の瞬間には奇妙な解放感を覚えた。いつの間にか帯締めが解かれていて、帯までもが緩み、腰のあたりに絡んでいる。

ぼうっとしている間に、器用で優美な手が這い回り、着物を腰紐だけで留めた心許ない姿にさせられていた。

着物の衽《おくみ》を掻き分け、前身頃の狭間にレイモンの手が忍び込む。着物の下に着ている襦袢の上から下腹部を撫でられて、歩はびくっとした。

「ん……？　まさか、下着を着けていないのか？」

驚いた声で尋ねられ、顔が真っ赤になるのを感じる。

「だ、だって……、今日は、そこまでは、用意されていなくて」

男物の下着は着物のラインへの影響を危惧して脱ぐしかなかったのだ。確認しようというのか、彼の手は器用に襦袢をも掻き分けて、歩のなにも着けていない太腿に直に触れる。着物ごと襦袢を手繰りながら肌を撫で上げられて、剥き出しの性器をそっと握り込まれ、息を呑んだ。

「本当だ……まったく、君は少しも放っておけないな。こんな無防備ないやらしい恰好で、よく接待の場などに出て来られたものだ」

ため息をつかれて、顔から火が出そうなほど恥ずかしくなった。決して自分が望んで下着なしで着物を着たわけではないというのに。

「しかも、もう少し硬くして、先端を濡らしているじゃないか。いったい、なにに感じたんだ？　まさか、あのタヌキ親父のお触りにじゃないだろうな？」

「ち、違います……っ、あ、ちょ、ちょっと、や……っ、ダ、ダメですって……ンッ」

どのくらい感じているかを確認するみたいに、ぎゅっと大きな掌で握り込まれる。このままでは、本当にここで行為に及ばれてしまいそうだ。歩は必死な思いで声を上げた。

「ま、待ってください……レイモン！」

「なんだ」

やっと手を止めてくれた彼は、不服そうにこちらを見る。

「ここじゃ、すぐ誰かが来てしまいます」

入り口の障子を指差すと、レイモンはなんだそんなことかという顔をした。

「大丈夫だ。こちらから呼ばない限り、ぜったいに来ない。ああ……それとも、この部屋では落ち着かないということか？」

歩はこくりと頷く。

誰も来ないと言われても、障子には鍵もかけられない。それにここは、ついさっきまで水野やユリたちもいた場所だ。

求めてくれるのは嬉しいが、女装を乱されるのなら、完全にふたりきりの空間でなければどうしても安心できなかった。

いつも場所など選ばずに行為に及んでくる彼だが、珍しく歩の気持ちをわかってくれたらしい。安堵して、帰るために歩は彼の膝から下りようとした。

「そっちじゃない。こっちだ」と背中に腕が回ってきて、えっと思った次の瞬間には抱き上げられていた。驚いた歩は彼の首に腕を回し、慌てて上半身を支える。腰のあたりに纏わりついていた帯が更に緩んでずれていき、その場にするりと落ちた。

「え……っ」

ずんずんと進んで行くレイモンが開けたのは、歩が入って来た入り口の障子ではなく、彼がずっと背にしていた側面の襖のほうだった。

背の高い彼は、頭が鴨居にぶつからないよう少し屈んで隣の部屋に入る。

中は照明が点いていなくて薄暗い。下ろされるとなぜだか床がふんわりとしていて、そこに布団が敷かれていることに気づく。

レイモンが畳に置かれていた和風のライトを点けると、その周辺が明るくなり、部屋の全容が明らかになった。

(えっ、えっええーーーっ!?)

十畳ほどの広さの室内には、二組の布団が並べて敷かれていた。それとライト以外はなにもない。きょろきょろと部屋の中を見回していると、スーツのジャケットを脱いでベスト姿になったレイモンが説明してくれた。

「会食場所をホテルではなく料亭旅館にしたのは、あの男の希望だ。とはいえ、なにか仕かけられても困るからな。店とホステスは私のほうでツテのある安全なところを手配したんだ」

水野が歩をこの部屋へ連れ込もうとしていたわけが、ようやくわかった。手を掴まれて強引に引っ張られただけのような気分でいたが、自分が本当にあの男に手籠めにされかけたのだということを、骨身に沁みて理解した。

「……残ったのがあの男ではなく、私でよかっただろう？」

にやりと笑った彼が、歩の顎の下をそっと指で撫でる。甘やかすような仕草はくすぐったいが心地いい。

思わずうっとりしながら、「あなたで、本当によかったです」と、歩は心の底からの本音で言う。彼の琥珀色の双眸が訝し気に煌めいた。

「水野を追い払ったのが、もし他の男だったら、どうだ？　このままここにぼんやり座っているか？」

レイモンは、いまだに歩は男なら誰でも構わないと思っているらしい。

まったく経験豊富などではない、ということはやんわり伝えたつもりだが、彼はちっとも信じてくれる気配がない。しかも、いくら誠実な行動で潔白を表そうとしても無駄だ。精神的な潔さは褒めてくれるのに、躰のほうは淫乱なゲイだという思い込みは、いつまで経ってもいっこうに拭えない。

もっとも理解してほしい相手に誤解されているという、たまらないほどのもどかしさに、歩は顔を顰めた。

「ほ、他の人だったら、お礼を言って、すぐに帰りますから……」

必死にそう訴えると、納得したのかしていないのか難しい顔で彼は頷く。

「それならいい。では、君がいまここに無防備な姿でいるのは……相手が私だからだと思って構わないな？」

——ここまで駄目押ししないと信じてもらえないなんて。

悲しさに熱いものが喉元まで込み上げてくる。

無意識に手が伸びて、彼の高級そうな織りのネクタイを掴む。驚きに目を瞠る彼の顔を引き寄せて、かたちのいい唇に引き結んだ自分の唇を押しつけた。

「ん……、ふ……ッ」

情けなくなるほど拙いキスだった。

重ねたあとはどうしていいのかわからず、おずおずと舌を伸ばして、彼の薄い唇を舐めてみた。

「どうした、歩……？　君からキスをしてくれるのなんて、初めてじゃないか」

感嘆と困惑が入り交じったような声で、彼が囁く。その手は、しっかりと歩の背中を抱き留めてくれている。

——恋人に、と望んでくれてどれだけ嬉しかったことだろう。

彼は正真正銘、歩の生まれて初めての恋人だ。

それなのに、彼の中にある自分の誤った姿をどうしても崩すことができない。

返事をする代わりにもう一度おずおずと唇を重ねる。面食らっていた様子のレイモンが、にわかに火を点けられたみたいに情熱的なキスを返してくれた。

レイモンのうなじに手を回して深いキスを受けながら、彼の逞しい躰に、ぎこちない動きでもそそと着物越しの躰を擦りつける。震える手でシャツに包まれた胸板に触れると、彼の躰も熱くなっていることがわかる。

「歩……」

欲情に低く掠れた声で、レイモンが名を呼ぶ。尻に当たっている彼のスラックスの前が硬く滾り、ジッパー部分を確かに押し上げているのがわかる。

それが、自分との触れ合いのせいだと思うと、さらに熱が上がった気がした。

「本当に、いったいどうしたっていうんだ……？　まさかと思うが、私が見ていない隙に、奴に薬でも盛られたか……？」

独り言を言うように漏らす彼は、いつになく積極的な歩に戸惑っているようだ。

いつもみたいにすべてされるがままでいても、自ら彼に手を伸ばしても、レイモンの中の歩に対する認識は〝女装好きで男好きなゲイ〟だ。

彼が初めてなのだ、とどれだけ言い張っても、鼻で笑われるだけだろう。それは最初の夜にどうかと思うほど乱れてしまったという、自業自得のためなのだから仕方ない。

やけに雰囲気のある和室にふたりきりでいるからか、それとも、乱れた和服姿という今夜のこの恰好のせいなのか。

なにをしても誤解されるのだとしたら、今夜だけは自分から彼に触れたい。いつもは感じるだけの人形みたいに、ただ愛されるがままになっていた。それだけでもせいいっぱいだったが、初めて自分から彼になにかしたいという気持ちが湧いた。

抱きついて幾度も不器用な口付けを繰り返す。そうしながら、レイモンの昂ぶりを刺激するように、歩は彼の膝の上の尻をもぞもぞと動かした。

「ん……っ、ん、ぅ……っ」

臀部に彼のモノが当たっているだけなのに、連鎖するみたいに興奮がどんどん高まっていく。

もう淫乱なゲイだと思うのなら、思えばいい。歩はほとんど自棄気味に、込み上げてくるすべての衝動のなにもかもを、目の前のわからずやな恋人にぶつけたい気分になった。

熱に浮かされたみたいに積極的になった恋人を熱っぽい目で眺め、彼は時折、背中や腰を撫でてくるだけだ。歩がなにをするつもりなのか、見極めようとしているらしい。

布団の上に胡坐をかいたレイモンの膝の上で、彼の首に手を回して、端正な顔にたどたどしくキスを落とす。

「くすぐったいな……でも気持ちがいい。もっとしてくれ」と笑われて、ネクタイを引き抜き、シャツの胸ボタンを半ばまで外すことまではできたのだが——それ以上手を進めることができない。

「歩、どうした？　脱がせてくれるんじゃないのか……？」

熱い頬に顔を寄せて尋ねられ、ぶるっと体が震える。

「だ、だって……あっ！　あ、ぁ……んっ」

レイモンは手を出さない代わりに、ささやかで淫らな意地悪を仕かけてくる。

着物の腰に腕を回し、昂ぶった自らのモノで歩の尻を下からじっくりと捏ね上げるようにして、いやらしく腰を突き上げてくるのだ。

密着しているレイモンの熱と、それから、いつもより濃く感じる発情した雄の匂い。

着物の前を開かれたあとは、触ってももらえていない。それなのに歩の性器は、襦袢の下ですでに痛いほど昂ぶってしまっている。

自分のほうに余裕がなく、少しもレイモンを翻弄することなどできない。

「なにをしてくれるのかと大変に期待していたんだが……ほんのちょっと擦り返されただけで自分のほうがこんなにしていたんじゃ、話にならないな」

「や……ぁ、……ん、ンっ」

襦袢をささやかに押し上げている先端を、布越しにそっと撫でられる。それだけでも耐え難い刺激に感じられ、背を仰け反らせて歩は身悶えた。

柔らかく布の上から握り込まれ、敏感な鈴口のあたりを親指の爪で引っかかれる。

「んあ、……ま、待って、あ……っ、あ、あァ……!!」

カリ、カリ、とたった二度刺激されただけだ。それなのに、耐え切れず、ぶわっと根元からせり上がってくるものを感じた。

とっさに手で押さえるけれど、間に合わなかった。じわりと襦袢に恥ずかしい染みが広がる。

「もうイったのか……襦袢が蜜でびしょびしょだ……いやらしいな、歩」

笑みを含んだ声でからかうように言われて、耳朶をねっとりとしゃぶられる。達したばかりの過敏な躰をびくびくと震わせ、歩はぎくしゃくと熱い頬をうつむかせる。

「さあ……、これからどうしてくれるんだ？」

自分ばかりが気持ち良くなってしまった歩を叱咤するみたいに、レイモンが耳朶を甘く噛んで急かしてくる。

（なにか、しなくちゃ……）

息が整う前に、歩はよろめきながら彼の膝から下りて、布団の上に膝をついた。

その前にと、ふと思い立ち、二本使っているうち、おはしょりの下を留めている腰ひもを解いて引き抜く。

着物の裾を開いて、湿ってしまった襦袢も掻き分け、衽を開いたままにしておくために、両側の裾をそれぞれ胸元を縛っている腰紐に押し込んでおいた。

着物の狭間からは、まだ蜜を纏わせた吐精直後の恥ずかしい性器があらわになっている。

彼の視線がそこに当てられているのがわかると、それだけでも躰が熱くなり、先端には性懲りもなくまたぷくりといやらしい蜜が滲み出てしまう。

覚悟を決めて、歩はその根元に、自ら柔らかな腰紐を巻きつけた。

「おい、なにを……」

愕然とした彼の声がかけられるが、今更止めるわけにはいかない。震える手で屹立したペニスを支え、少しきつく感じて容易には達せない程度に根元を縛《いまし》める。これでよしと、リボン結びをしようとすると――その手首を掴まれた。

「少し――緩いんじゃないか？」

かすかに上擦った声でそう言うと、彼はせっかく結んだリボン結びを解いてしまった。

「あ、あの……、レイモン……？」

その上、張り詰めて引き上がっている歩の睾丸の根元にまで腰紐をかけ、ふたつの球を間で割るようにして手早く、そしていっそうきつく締めつけてくる。

「あ……っ」

それから、ふたたびペニスの根元を縛めて結ばれる。彼の手によって結ばれた紐は、さきほど自分で結んだのに比べて、かなり窮屈だ。半勃ちのいまの状態でもそう感じるのだから、もっと興奮してしまったらさらに痛みを感じるはずだ。

「……せっかく拘束するのなら、このぐらいはしなくては意味がないだろう？」

根元から裏筋をそっと撫で上げられ、最後に濡れた先端を優しくなぞられる。

じわっとふたたび射精感が押し寄せ、拘束がきつくなる。いますぐに腰紐を解いて、思うさま扱いてしまいたいが、それでは羞恥に耐えた意味がない。

「さ……次は？」

レイモンは、根元をきつく縛めた歩の昂ぶりを、お気に入りのおもちゃのように手の中で弄る。滲み出る蜜をゆったりと鈴口に塗り込めながら、歩の肩を抱き寄せて、熱い吐息を耳朶に吹き込んできた。

勃ったままなので、躰が熱くてうまく力が入らない。どうにか膝をついて彼の手から逃れると、歩は後ろを向いた。

着物と襦袢の裾を一緒に手繰ると、迷いを捨ててぐっと上に捲り上げる。

臀部をあらわにしたまま、がくがくする躰で上体をゆっくりと倒し、布団に突っ伏す体勢を取る。

レイモンが息を呑む気配がした。

歩は焼けるように熱い頬を布団に押しつける。

彼が自分を恋人だと思っていてくれたことが、たまらなく嬉しい。

その気持ちを伝えるのに、経験の未熟な自分には、いちばん恥ずかしいところを彼に見せるという、こんな拙い方法しか思いつかなかった。

「……私の恋人は、可愛い顔をして男を誑《たぶら》かす、とんでもない小悪魔だな……」

しっかり捕らえておかねば、と笑いながら、レイモンが歩の尻をぱちんと優しく叩く。

それから、思いもよらぬところに吐息がかかり、歩は仰天した。

「あ……っ!? い、嫌です、そこは……――っ」

レイモンが顔を寄せてきたのは、あろうことか、歩の尻の狭間だった。

「大人しくしていろ。先走りで濡れてはいるが、このままでは挿れられないからな。私が準備してやる」

そう言って、レイモンは身を起こそうとした歩の尻をしっかり掴んだ。抗う間もなく生温かく滑ったものが触れて、歩はぶるっと身を震わせる。

信じ難いくらいに恥ずかしくて、躰がカーッと熱くなる。

性器を縛めて尻を差し出すことで、ただ、自分が彼だけのものであることを、身をもって表したつもりだった。まさか、こんなことをされるとは思いもしなかった。

歩の戸惑いも意に介さず、彼は小さな蕾をじっくりと舐め始めた。濡れた音を立てて舌を這わせ、繊細な入り口を焦らずに解していく。

これまで、彼とは何度もセックスしたけれど、こんなやり方で慣らされたのは初めてだ。

彼の舌で後ろを濡らされ、えも言われぬぞわぞわとする感覚に泣きそうになる。

レイモンにこんなことをさせるつもりじゃなかったのに。

「ん……う、ぅ……」

続けて、濡らした指がゆっくりと差し込まれた。狭い内部に彼の逞しい雄が挿《は》いれるよう、丹念に押し広げられる。

優美とは言え、男の太い指が三本入るまでには、それなりの時間を要した。しかも彼は、中を広げながら、刺激されると息が止まるほど感じるところを、やんわりと幾度も掠めてくる。そのたびに歩は身を強張らせて、必死で漏れそうな声を堪えた。

「……っ、ン……ぅ……っ」

「歩……前から雫が垂れている。尻を舐められて、そんなに感じたのか？」

くすりと笑ったレイモンに、前から先走りを揶い取られ、堪え切れずに甘い息を吐く。

腰紐でしっかりと縛められたペニスが、もはやきつくてたまらない。雫に白濁が混じり、ねっとりとしているのがわかって恥ずかしかったが、それよりも触れられてむず痒い気持ち良さのほうが勝った。

羞恥にぎゅっと目を閉じていると、レイモンがスラックスの前を寛げる気配がした。おずおずと目を開いて、視線を背後に向ける。

膝立ちでベストとシャツを脱ぎ捨てた彼は、スラックスのジッパーを下ろしながら雄臭い笑みを浮かべた。

「まさか、こんな恰好で煽られるとは思わなかったが……君は、抱くたびに新鮮な驚きがあるな。少しも飽きる気がしないよ」

「お、俺……あなたにしか、こんなこと、しませんから……っ」

必死に伝えたが、返ってきたのは、意外な言葉だった。

「――知っている」

硬く熱い先端が押し当てられ、尻の狭間から、縛められてきつい睾丸までをも、ぬるぬると擦り立てられる。

滾った大きな性器に対する怯えと、それとは裏腹のやっと繋がれるという期待に胸が高鳴る。

しばらくそれを繰り返したあと、ぐっと圧をかけられ、ずぶずぶと硬い先端がめり込んできた。彼の唾液と自分の雫した先走りで濡れているとはいえ狭い孔を、容赦なく彼の凶暴な性器のかたちに押し開かれていく。

「過去は変えられないが……これからは、なにもかも、すべて私のものだ」

(やっぱり、誤解してる……！)

「レ……レイモン、それは……っ」

泣きたいような気持ちで、歩はまともに反論もできないまま、彼が狭い後孔を奥まで蹂躙するのを受け入れた。

すべてを押し込むと、息をつく間もなく、レイモンは着物が絡みついた歩の腰をしっか

りと掴んで荒々しく奥を突き上げ始めた。

「あっ！　ひぅッ、ん、ン……っ」

繋がった場所からぬぷぬぷと粘膜の擦れるいやらしい音がして、躰の奥がじわっと熱くなる。繰り返されると、繋がったところから全身に痺れが走り、自分がなにを言おうとしていたのかさえわからなくなった。

もう、歩の感じる場所など熟知しているはずなのに、レイモンはわざとそこを外して中を擦り上げてくる。

一度イった前はふたたび完勃ちして、がちがちに硬くなっている。きつく結び直された腰紐が根元に食い込み、苦しくてたまらない。じれったさにそこに手を伸ばしてせめて扱こうとするたび、背後から彼の手が伸びてきて、布団に押しつけられてしまう。

「縛ってあるのに、ペニスが腹につくほど勃っているな……尻の孔に挿れられるのは、そんなに気持ちがいいのか」

背後から伸しかかり、脇腹から前に手を回した彼が、縛られた歩の性器の根元を確認して、嬉しげに囁く。

そのまま激しく扱いてくれたらと思うのに、大きな手でふたつの睾丸をやわやわと撫で回し、会陰を淫らに押し揉んでくるだけだ。

布団に頬を擦りつけて揺らされている歩の顎を取り、彼は無理に唇を吸ってくる。脱げかけた着物から覗く胸元をきつく揉まれ、乳首を指先でぐにぐにと押し潰されて、縛められた先端からつうっと淫液の雫が滴るのが感覚でわかった。

「うぅ……、ん……んっ、レイ、モン……、もう、お願い……っ」

後孔ばかりをずくずくと執拗に犯され、快楽は増すのに達するのにはわずかに足りない。イきたいのにイけなくて、歩は気が狂いそうになった。

「も、やだぁ……っ、奥の、あそこ……して……っ」

耐え切れなくなって、泣きじゃくりながら懇願する。

「やっと、強請ったな……」

満足した声で囁いた彼が、ぐっと腰を突き入れてくる。躱され続けていた場所を突然きつく擦り上げられた衝撃は、思いの外深かった。

何度も同じ場所を刺激され、躰の中で火花が散るようだった。そのたびに、歩の中が彼の肉棒に絡みつき、深く締めつける。苦しげに呻いたレイモンが歩のうなじにきつく吸いついた。

「ああ……っ、あうぅ――……ッ」

感じるところを抉るように突きながら、どくどくと焼けそうに熱いものが注ぎ込まれてくる。深々とレイモンに貫かれたまま、歩はがくがくと脚を震わせて、必死に呼吸を繰り返した。

＊

夕方、歩が新商品のチェックをして会議室から戻ると、眞木からメールがきていた。

『ちょっと真面目に話したいことがあるんだけど、今日の夜空いてるか？』

（眞木が飲みに誘ってくるなんて、珍しいな……）

ごくたまにランチを一緒にとることはあるが、彼がこうして勤務時間外の誘いをかけてくることはほとんどない。

同期なので初期研修は一緒に受けたが、その後よく行われた大勢での飲み会に歩はほとんど参加しなかった。そのため、そういった場は苦手なのだとどうやら覚えてくれているようだ。

どんな用件か聞こうとしたところで、以前、彼とランチをしたときに、レイモンから『男とふたりきりは禁止だ』ときつく釘を刺されていたことを思い出した。

業務上の悩みごとや会社に関わる相談だとしたら、誰か他の人間を誘うのも悪いし、一対一でちゃんと聞いてやりたい。しかし、かといってレイモンの命令を無視すると、またあとで手酷くて濃密なお仕置きをされてしまいそうで怖い。

思わず彼にされたこれまでのいろいろな甘い罰が頭を過り、自然と躰が熱くなりそうになる。歩は慌てて頭を横に振って、しばしの間考え込んだ。

結局レイモンに直接会って、眞木に誘われたことを伝えて了承を得てからなら問題はないだろうという考えに行き着く。眞木に『今日じゃなきゃだめかな？』と送ると、すぐに返事があった。

『できれば今日がいい。けっこう真面目な話だから、お前がオーケーなら個室をとるつもりだ』

歩は眉を顰めた。いったいなんの話なのかと心配になってくるが、真面目な話と言われては日を改めるわけにもいかない。了解、行くよと返事を送って、時間と場所についてやり取りをしてからメールソフトを閉じた。

この間、他の人間にあまり愚痴を言えないというようなことを話していたから、おそらくなにか聞いてもらいたいことがあるのだろう。

（本当は、今日はレイモンの部屋のほうに帰るつもりだったんだよな……）

このところ、予定していた通り彼は少しずつ公の場に出る機会を減らし始めている。当然、歩を女装で帯同する機会も減り、いまでは週一、二度程度しかない。

その代わり、ここ最近は彼に呼び出されない日でも、彼のマンションに泊まるようになっていた。今日も社長室からの呼び出しはない予定だが、残業を早めに切り上げて、レイモンが帰るのを部屋で待っていようと思っていたのだ。

先日の料亭での出来事のあと、『特に問題がなければ、こちらに帰ってきてくれ』と言って、歩は彼から合鍵を渡されていた。

自宅に届く郵便物や妹のことも一応気になるので、定期的に家に戻るようにしているものの、いまでは帰りがよほど遅い時間にならない限り、顔が見たくてレイモンの部屋のほうに帰ることが多くなっている。彼と一緒に過ごせる時間が増えるのは素直に嬉しい。

先日、笹谷に仕組まれて料亭に送り込まれた日以降、レイモンはずっと上機嫌で、そしてとても優しくなった。互いの認識のズレを合わせ、彼が自分を恋人だと思っていたと知ってからは、歩の態度も変化したかもしれないが、彼はもっと変わった気がする。

これまでは、あまりに遠慮がちな歩をどう扱っていいのか躊躇う面があったようだが、いまは全力で愛され過ぎて、マンションのドアを開けたときからキスの嵐だ。

ぱっと見冷ややかそうに見える彼の中身が、恋に生きるフランス男なのだと、歩は身をもって思い知らされていた。

（ただ、ちょっとだけ、気がかりなことはあるんだけど……）

スマホを手にして、歩は頭の中で考える。

酒を出す店に行くと、おそらくスーツに匂いがついてしまうだろう。

個室で眞木と呑むなどと正直に伝えたら、ぜったいにレイモンがいい顔をしないことはわかり切っている。

少し悩んだあと、歩は今日のことは後日説明しようと決めた。『今日は自宅のほうに帰ります。明日は金曜なので、そちらに帰りますね』とレイモンに送り、定時がきてから残業をせずに会社を出た。

指定された店は、会社の最寄駅から少し歩く場所にある、ビルの二階に入ったダイニングバーだった。

眞木のことだから、予約するならお洒落で女の子が喜びそうな雰囲気のところなのかと思ったが、向かってみると、カウンター以外はすべて個室で静かな音楽が流れている、やけに穴場的な雰囲気の店だ。

店員に案内されて歩が個室に入ると、待ち合わせした眞木は先に席についていた。

「お疲れ。悪いな、仕事帰りに。残業は大丈夫だったか?」

彼は口の端を上げて気遣ってくれるが、なんだか態度がやけにぎこちない。

料理は店お勧めの簡単なコースを頼んだ。皿が一通り運ばれてきて、食事をする間、眞木は雑談ばかりを振り、本題らしき話をしようとしない。彼が珍しく、どこか緊張しているのに気づくと、食事の味がしなくなった。

(なんだか、いい話じゃなさそうだな……)

皿が下げられて、新しい飲み物のグラスが運ばれる。店員がドアを閉めて去ると、眞木はふいに真顔で口を開いた。

「あのさ……実は俺、気になるものを見つけたんだ」

そう言うと彼はスマホを操作して、歩のほうに画面を向ける。

驚きに一瞬身を強張らせたが、気づかれなかっただろうか。

そこに映っていたのは、つい三日ほど前——レイモンとともに関連企業の十周年記念パーティの場を訪れた、〝アユム〟の姿だったのだ。

どこに出向いてもレイモンはマスコミや関係者から写真を頼まれるが、いつも『彼女は一般人なので』と言って、彼は歩に向けてシャッターを押させることは決してしない。

この写真は、会長夫妻の背後に偶然写り込んでしまった自分たちのようだ。

いつかはこういうときがくるかも……と危惧してはいたが、まさか、よりによって同期の眞木に知られてしまうなんて——。

表には出さないようにしながらも歩が絶望に襲われていると、眞木は躊躇うように口を開いた。

「社長がパーティに参加したときの写真を何枚かアルタイルのサイトに載せておこうと思って、先方の会社の広報から送ってもらった写真を見てたんだ。一緒にいる女性が社長の彼女か、と思ってたんだけど……なあ、よく見るとこの彼女ってさ……お前の妹の侑奈ちやんに似てないか？」

「え……侑、奈？」

歩は一瞬ぽかんとした。

考えてみれば、レイモンの隣でグラスを持って微笑む歩は、むろん女の恰好をしている。セミロングのウィッグも被っているし、ドレスに合うようそれなりにはっきりとしたメイクも施している。

眞木は会社のパーティで一度侑奈と顔を合わせているから、女装した歩とよく似た侑奈を勘違いするのは無理もない。内心で安堵しつつも、歩は頭の中で必死に悩んだ。

他人だと言い張るには、写真の女と侑奈は似過ぎている。同期で友人でもある眞木に嘘をつくのは心苦しいけれど、この場では『妹かもしれない』ということで誤魔化しておいたほうがいいかもしれない。

しかし、躊躇いながらそう言おうと決め、視線を上げて歩はぎくりとした。

探るような目で、眞木は歩をまっすぐに見つめていた。

「やっぱりか」

苦い表情で彼はぽつりと言った。

「……気づいたあとも半信半疑だったけど……この女性は、妹じゃなくて、お前なんだな」

――自分だと気づかれている。歩は衝撃に愕然としながら、慌てて口を開く。

「眞木、これは、その……」

どうにか誤魔化そうとすると、眞木はふたたびスマホを弄り、今度はもっとアップで映った写真を見せてきた。

「デジタル一眼レフで撮った写真のデータだから、かなり拡大できるんだよ。確かに、侑奈ちゃんにはよく似てるけど……これはお前だろ？」

彼は斜め前から撮った写真を拡大して見せ、映っている歩の耳元の部分を指で差した。

「ほら、ここ。耳朶に小さいホクロがある。珍しいなと思ってなんとなく覚えてたんだ。それに、侑奈ちゃんはピアスの穴が両耳にふたつずつ空いてたけど、写真のお前は、耳朶にその穴の痕跡すらない」

耳朶のホクロなんて、意識したことはなかった。反射的に歩は隠すように耳を覆ってしまう。そして、その行動が、自分がこの写真に写っている女であると言っているも同然だと気づいて動揺する。

言い逃れできないところまで追いつめられ、歩はもう誤魔化す言葉を見つけられなくなった。

「気になって、社長が出てる他のイベントの写真も全部確認したんだ。小さくだけど、何枚かはお前が写り込んでた。ぜんぶ、女装してて……社長から親密そうな感じでエスコートされてた。お前、女の恰好したら、すごい綺麗だから、驚いたよ」

眞木は確信した表情で言い、スマホの画面を消す。

「……なあ川崎、いったい、どういうことなんだ？　お前まさか、社長と付き合ってるのか？」

肯定も否定もできずに歩が黙り込んでいると、眞木が困惑した様子で問い質してきた。

「どういう経緯でこんなことになったのか知らないけどさ……社長から親密そうに手を繋がれてたり、背中に手を回されてたりとかで、でも、どの写真も微笑んでるから……この恰好を無理やり強要されてるってわけじゃないんだよな？」

「……強要は、されてないよ……」

始まりはそうだったけれど、いまは違う。歩は望んで、女の恰好をして彼の隣にいるのだ。

「だから、つまり……恋人同士だってことなんだろ？」

レイモンには関係を隠せとは言われていない。だが、自分は彼の会社の一社員だ。

しかも、彼と一緒にいる写真は、すべて女装姿なのだ。どれだけ似合っていたところで、知られれば色眼鏡で見られることは間違いない。

そんな自分との関係を、社内の誰かに伝えることが、会社のトップであるレイモンにとって望ましいとはとても思えなかった。

「ごめん……言えないんだ」

苦渋の表情で謝ると、彼は深くため息を吐いてがりがりと頭を掻いた。

「社長とお前がゲイでもバイでも、別に構わないと思うけどさ……でも、もしお前が本気で彼のこと好きなら、やめといたほうがいいんじゃないかな」

眞木の言葉に、歩はおずおずと顔を上げた。

「社長はうちの会社を継いだ、超のつくセレブなんだぜ？　なんかの酔狂で、いまは女の恰好したお前のこと気に入ってるのかもしれないけど……飽きたらぜったい捨てられるって。それに、万が一付き合いが続いたとしてもさ、前社長見てみろよ？　気に入った女がいたら、金に飽かして何人も手をつけてたって公然の噂だ。莫大な資産を持った男が、お前ひとりで満足するわけないだろ」

あまりにも正論を淡々と突きつけられて、歩は幸せな夢の中から唐突に引き摺り出されたような気がした。

「……酷いこと言って、ごめんな」

呆然としていると、眞木はぐいっとグラスを空けた。それからテーブルの上で硬く握り締めていた歩の手にそっと触れる。びくっと肩を揺らして、歩は怯えながらも眞木の目を見返した。

冷静な表情で彼は言った。

「他の奴ならほっといたかもしれないけど、川崎は真面目だし……遊びで恋愛できるタイプじゃないから、気になったんだ。男同士だから、社長とお前は結婚とかできないわけだろ？　先々相手が子供とか欲しがって浮気したら、それこそお前がつらい思いするんじゃないかと思って……余計なお世話だと思ったけど、どうしても、言わずにはいられなかった」

労わるみたいに、歩の手を強く握り、眞木は絞り出すように囁く。

「俺のこと嫌いになったり、避けたりするのは構わないから……社長の未来と、お前自身の幸せを考えろよ。いつか別れるなら、それこそ傷が深くならないうちに、早めに関係切ったほうがいいと思う」

言葉もなく動けずにいる歩の肩に軽く触れると、伝票を持って、眞木は先に帰って行った。

どこをどう通ってきたのかわからないが、いつの間にか歩はレイモンのマンションの前まで来ていた。

今日は自宅に帰ると連絡済みだから、自分が帰るのは妹と住む自宅であるべきだ。了解という、彼からの返事もきていたのに。

躊躇いながらも電話で連絡を入れ、それから部屋に向かう。

「——お帰り。……歩？」

微笑んで出迎えてくれたラフな恰好をしたレイモンの顔を見て、安堵が湧き上がる。気づけば歩は彼に抱きついていた。

抱き留めてくれた彼は、しばらく歩の背中を撫でていてくれたが、躰を離したあと、怪訝そうに訊いてきた。

「どうした？　会社でなにかあったのか？」

泣いてしまいそうだったが、どうにか堪えて、首を横に振った。

「なんでもないんです……ただ、あなたに会いたくなって……」

そう言うと、レイモンが困ったように、歩の両頬を包んで目を覗き込んでくる。

「本当にそれだけならいいが……君は真面目で頑固だからな。あまり、ひとりで抱え込むな。君には私がいるんだ。助けてもらいたいことがあったら、いつでも話してくれ」

いいな？と言われて、唇を優しく吸われる。

甘やかすみたいに啄まれ、耳朶を指でくすぐられて、背筋から腰にかけて痺れが走った。いつもみたいに、激しく貪るように抱いてもらいたい。

そうしたら、いまだけでも、この胸の中を侵食する悩みを忘れられるかもしれない。

そう願ったけれど、レイモンは口付けが深くなる前にキスを解いてしまった。

（いつも、そうだ……）

レイモンは、なぜか歩が女の恰好をしているときしかセックスしない。女装する必要がない日に、男の姿で隣にいる歩には、なぜかキスまでしかしてこないのだ。

――男のままでは抱いてもらえない。

それがなにを意味しているのかは、ずっと気にかかっていたが、深く考えないようにしてきた。

もどかしさと悲しさで、今夜だけは、はしたなくもこの先を強請ってしまいたくなった。女の恰好をしていないけれどセックスをしてほしい、と――。

だが、そんなことを言い出したら、おそらく勘のいい彼に訝しく思われて、今日の出来事を追及されたうえ、眞木と話したなにもかもを白状させられてしまうだろう。

悩みの中にいる歩を一度強く抱き締めると、髪に鼻先を埋めて、彼がふと囁いた。

「どこか、店に寄り道して来たのか？」

「ええ……帰る間際に、椿谷さんたちに捕まっちゃって、夕飯をご一緒してきたんです」

自分でも驚くくらい、するりと嘘が出た。レイモンはなにも疑わずに頷いた。

「そうか。じゃあ、シャワーを使ってくるといい。私は読みかけの報告書があるから、リビングルームで待っている」

バスルームの手前で、屈んできた彼が額に優しくキスをしてきた。

「今夜は来ないと言っていたから、寂しく思っていたんだ。来てくれて嬉しいよ」

歩が落ち込んでいるのをわかっていても、無理には聞き出そうとしない。その優しさが有難いのに、いまはただ悲しかった。

広々としたバスルームでシャワーを浴びながら、歩はひたすら眞木に言われたことを考え続けていた。

彼の言葉は常識的で、正論だ。

だが、レイモンと別れることを考えると、身を焼かれるみたいに辛い。

彼が他の相手をそばに置き、自分にするのと同じような特別な笑みを向ける。そんな光景を想像しただけでも、まるで胸が引き裂かれたような苦しい気持ちになった。

歩は、レイモンのことが好きだ。

出会った当初は憤っていて行動も強引だったし、歩を蔑んでいたために、性行為もかなり強要に近いものがあったが――おそらくレイモンにはわかっていたのだろう。

最初から、歩が彼にされることを嫌がってはいなかったのだと。

見た目の完璧さや、多彩な才能に反して、彼は意外と普通の感覚を持っている。身に着けるものや住まいは破格の値段だが、自炊も得意だし、ハウスキーパーが来ない日は自ら掃除だってする。

どちらかと言えば寡黙な質の彼は、料亭で気持ちがちゃんと通じ合ってからは、歩にいろいろなことを話してくれる。歩のこともいろいろと聞きたがるので、地方に住む両親のことや呉服屋をしていた祖母のこと、それから就職時の挫折のことまで打ち明けてしまった。

ひとりのほうが好きに見えるのに、思いの外寂しがり屋で、そばにいることを喜んでくれる。時折甘えられると、必要とされている実感が湧いて嬉しかった。

自分たちは、紆余曲折を経て、やっと、ちゃんとした恋人同士になれたばかりだ。

眞木にバレてしまった以上、もうレイモンに女装で帯同するわけにはいかないだろう。けれどせめて、彼自身の口から、もうお前はいらないのだと言われるまでは、そばにいたい。

〝いつか別れるなら、傷が深くならないうちに〟

レイモン自身の未来のために――。

眞木の助言が、胸に深く突き刺さったまま、ずきずきと疼いている。

抜き去って忘れることは、とてもできそうになかった。

＊

運悪くその週末は、レイモンを妹に会わせる約束になっていた。

前々から彼に、一度家族に挨拶がしたいと言われていたのだ。侑奈のほうも、兄の初めての恋人、しかもその相手が男だというのに興味津々の様子で、ふたつ返事でオーケーをしてくれていた。

これからどうするべきなのか。

悩みがいっぱいで重たい気持ちのまま、今更予定変更をするわけにもいかず、歩は彼を連れて自宅へと向かった。

「――いい天気だな。顔合わせ日和だ」

車を運転しながら、日差し除けにサングラスをかけたレイモンの端正な横顔は笑みを浮かべている。休日だというのに、顔合わせのために彼はわざわざ三つ揃いのスーツを着てくれた。

そうですね、と答える歩も、今日は一応ラフ過ぎないシャツと薄手のジャケットという恰好だ。

窓ガラスの外に目を向けると、自宅に向かうのではなく、どこかにドライブに行きたいような青空が広がっている。徐々に秋の気配が近づきつつあるようだ。

彼は、気落ちしている歩をずっと気遣ってくれている。

けれど、やはり女の恰好をしない限り、キス以上のことはしてくれないのだ。

気づきたくはなかったが、レイモンはやはりゲイではない——ということなのだろう。

やっと自覚した事実は、眞木に忠告された歩の心を、嫌々ながらも別れの方向へと押し出し始めていた。

レイモンは歩の顔が好みのようで、よく褒めてくれる。

そう考えたときから、ずっと歩の頭には、玉の輿婚を狙って婚活をしていた妹の侑奈の存在があった。

(侑奈なら……もし彼と気が合えば、結婚もできるし、子供だって作れるんだよな……)

顔が好みだということならば、自分たちは似ているし、なにより妹は女性だ。

約束の顔合わせは、彼と侑奈を引き合わせる場にしてしまえばいい。

これまで歩は、女になりたいと思ったことは一度もなかった。女物の服は好きだし、女装するのも背徳的な高揚感があって楽しい。それに自分の恋愛対象は同性だけれど、男としての人生に強い不満があるわけではなかったからだ。

——それなのに、眞木に厳しい助言をされてからは、ずっと、歩は妹が羨ましくてたまらないのだ。

なにもかも完璧なレイモンを見て、侑奈が惹かれないわけがない。まだいまの彼と別れた話は聞かないが、いつも短いスパンで恋をしているので、レイモンと彼氏を量りにかければどちらを選ぶかは明白だろう。レイモンのほうも歩の顔が好みなら、きっと侑奈を気に入るはずだ。いつも明るくて前向きな彼女なら、きっとレイモンに幸せな家庭や子供を与えられると思う。

それには、まずは自分が彼と別れなくてはならない。初めての恋人なので、どうしたらスムーズに別れを告げられるのかすら歩にはわからなかった。

悩んだ末、〝やはりゲイの男でなくては愛せそうにない〟と言い出せば、レイモンはきっと愛想をつかして自分に興味を失うはずだと考えた。実際、男の姿では抱いてもらえないことに不満を抱いているのだから、強ち《あなが》嘘でもない。

女装での同行を断り、別れを納得されてしまえば、会社で偶然すれ違う以外ではレイモンに会う機会はなくなる。

そう想像するだけでも、悲しくて胸が張り裂けそうで、これからどうやって生きていったらいいのかさえわからない。

それでも——彼の未来のためには、眞木の言う通り、早めに別れるべきなのだろう。

今日の顔合わせでふたりの様子を窺い、良さそうな雰囲気ならば侑奈にレイモンを薦めなくてはと、歩は暗い気持ちで考えていた。

兄妹が暮らしているのは、ごく普通の2LDKの賃貸マンションだ。

狭いが、レイモンが「歩の家にぜひ行ってみたい」と譲らないので、顔合わせは歩の自宅で行われることになった。

「初めまして、東久世レイモンです。いつも歩さんにはお世話になっています」

三人いるとやけに狭く感じるリビングルームで、にこやかに挨拶をしたレイモンを前に、フェミニンなワンピースを着た妹は呆然と目を丸くした。

「はじめましてー！　……やだ、お兄ちゃん、やったじゃない、すごい素敵な人ね！」

侑奈はレイモンと挨拶を交わしたあと、歩に小声で耳打ちをし、挙動不審なほど頬を染めて興奮している。このぶんだと、侑奈のほうは問題なさそうだな、と痛む胸で歩は思う。

途中で店に立ち寄り、レイモンはわざわざ手土産を持参してくれた。その箱を開けて歓声を上げ、お茶を淹れるといって侑奈はキッチンに消えた。

「――なかなか可愛い妹さんだな。あまり君とは顔が似ていないが」

ソファで歩の隣に座っている彼が、意外なことを言うので驚いた。

「そうですか？　あ、この恰好だとあまり言われないですけど、その……メイクをすると、双子みたいにそっくりだって言われたこともあるんですが」

「それは、メイクのやり方が同じだからだろう。顔の造りには共通点があるかもしれないが、雰囲気がぜんぜん違う。妹さんは動で君は静、という感じかな」

(侑奈は明るくて、俺は根暗ってことかな……)

レイモンの評価に、歩は余計にどんよりと気持ちが落ち込んでしまった。

しばらくこちらを見ていた彼が、ふいに口を開いた。

「ここのところ、ずっと浮かない顔をしているな。どこか具合でも悪いのか？」

「いえ、そういうわけじゃ……」

「だったらどうしたんだ？　もし、なにかしてほしいことや不満があるなら、少しでもいいから口に出して訴えてみてくれ。私はそれほど気が利く男じゃないんだ」

隣から彼の手が伸びてきて、そっと手を握られる。

「控えめな性格なのは君の長所でもあると思うが……私は君の恋人だろう？」

目を覗き込みながら真摯に言うレイモンに、ずきりと胸が痛くなった。

〝自分はあなたが好きなわけではなく、ただの男好きなゲイなんです。だから、妹のほうが、きっとあなたを幸せにできるのではないかと思います――〟

そう言わなくてはならないのに、どうしても喉が詰まって口からその言葉が出てこない。

「――お兄ちゃん!?　どうしたの？」

驚いた侑奈の声がした。慌ててこちらに来た彼女が、ガシャンと音を立ててスイーツやコーヒーの載ったトレーをテーブルの上に置いた。

歩がなんでもない、と言おうとする前に、侑奈は潤んだ歩の目を覗き込んだ。みるみる怒気を滲ませると、キッとレイモンを睨む。

「お兄ちゃんになに言ったんですか!? うちの兄は、優しくて繊細で……とにかく、私とは違って、すっごい善人なんですよ!! こんなふうに悲しい顔で泣かせたりしないでください!!」

びっくりするような勢いで怒鳴られても、レイモンはまったく動じる気配がない。侑奈のほうをうるさそうにちらりと見ただけで、すぐに歩に視線を戻した。

「彼のいいところは、君に言われなくてもよく知っている。……歩、なにか、それほど胸を苦しませている悩みがあるなら、私に打ち明けてくれ。私にできることなら、どんな手を使ってでも助けてやる」

レイモンの言葉に、思わず歩は目を瞠った。

執着はされていると知っていた。けれど、困っていると感じたときに、まさか彼がこれほど親身になって、歩の気持ちに寄り添おうとしてくれるとは思わなかったのだ。

レイモンは歩の間近から顔を覗き込んでくる。

「……なあ、なんのために私がいるんだ? 私の前では我慢をする必要なんてないんだ。もっと愚痴を吐いたり我儘を言ったりして、甘えてくれていい」

心配そうに見つめるまっすぐな目に、胸がじんと熱くなった。

目頭が熱くなり、視界が潤むが、ぜったいにこの場で泣くわけにはいかない。

「なにがあったのか、話せ」とレイモンに厳しい顔で問い質され、侑奈まで怖い顔で「お兄ちゃん、なんで泣きそうなのか話さないと、許さないわよ」と脅してくる。

それでも眞木の忠告について口にすることはできない。

「あ、あの……俺は男だから……未来のあるあなたには、相応しくないし……それに、顔が好みと言うことなら、うちの妹と付き合ったほうが、その、子供だって作れるし……結婚もして、幸せになれるんじゃないか、って……」

どうしようもなくなり、しどろもどろになりながら、歩は頭の中にあった考えを打ち明けた。

「――はあ!?　なによそれ、意味わかんない!!」

「いったい、なにを言っているんだ、君は!?」

すぐさま、侑奈とレイモンのふたりから猛然とした勢いで突っ込みが入った。

「なんで、自分の彼氏に妹薦めようとするの？　私、いまの彼と超うまくいってて今度こそぜったいに結婚するつもりだから、めちゃくちゃ余計なお世話だよ！」

侑奈は愛らしい顔を鬼のように歪めて、真っ赤な顔で激怒している。

それを見ているレイモンは、さっきから妙に冷ややかな顔をしているので、もしかしたら侑奈のような明るくておしゃべりなタイプが好きではないのかもしれない。

「それに、お兄ちゃん、ずっとあんまり人生楽しくなさそうで気になってたけど、初めての恋人ができてから、すごくイキイキして幸せそうだなって安心してたのに」

女装での残業が増えてから、歩はこれまでしなかった外泊を繰り返し、帰宅時間も格段に遅くなった。

レイモンとの交際について、詳しくは伝えていなかったのに、まさか侑奈が歩の変化に気づいていたとは思ってもみなかった。

「初めての……？　それは、本当なのか、歩」

愕然とした様子で訊かれ、今更だが、やっと取り合ってもらえそうなことに泣きたくなった。さすがに同居している妹の言葉は真実味があったらしい。

「そんなことも伝えてなかったの？」と侑奈はびっくりしている。

いますぐに詳しい事実を問い質したそうなレイモン、それから呆れた様子の妹、ふたりに挟まれた歩という三人の間には、しばし微妙な沈黙が流れた。

最初に口を開いたのは、侑奈だった。

「お兄ちゃんさ……この人のこと、本当は大好きなんでしょう？　私に譲りたくなんかないんでしょう？」

改めて侑奈に尋ねられ、歩は唇を噛む。

もちろんだ、と心の中で思った。

しかし、レイモンが自分の横顔を見つめていることに気づき、素直に頷けなくなる。

「歩、私のほうを見ろ」

促されて、おずおずと彼のほうに視線を向ける。焦れたような目で見つめてくるレイモンは、歩の肩に腕を回してぎゅっと引き寄せてきた。

「あっ、あの、レイモン……っ!?」

ふたりきりなら抱擁されて嬉しいところだけれど、妹の前だ。

顔を熱くして慌てるのにも構わず、彼は歩を抱き竦めたまま、あろうことか強引に唇を重ねてきた。びっくりして顔を背けようとするが、大きな手で顎を掴まれて逃げられない。

「ん、ん……――ッ」

侑奈の視線を横顔に感じながら、濃厚に舌を搦め捕られて吸られる。たっぷり一分以上、歩の唇を貪ってから、彼はやっと顔を離してくれた。

「――私は、君以外誰も眼中にない。わかっていると思ったからさきほどは言わなかったが、妹より君のほうが何百倍も可愛らしく見える。……これで、わかってくれたか？」

呆然と頬を熱くしている歩の唇を指先で撫でて、彼は甘く囁く。

「ちょっと、どういうことぉ？　まさかと思うけど、ただの痴話喧嘩ってわけ？」

拍子抜けしたような侑奈の呆れ声が聞こえ、ハッとして視線を向ける。やれやれという

顔の妹が立ち上がるところが見えた。

「彼氏に紹介してくれるっていうから、せっかく休日潰して待ってたのに！　もう、仲直りできそうなら、ふたりでちゃんと話し合ってよね」

「あ、ご、ごめん、侑奈……」

妹の目の前でキスをしてしまってばつが悪い。慌てて声をかけると、侑奈は肩を竦めて笑った。

「私、お邪魔みたいだから彼ん家行ってくる。あ、ケーキは帰ってから食べるからとっておいてね！」

そう言い置くと、侑奈は呆然としている兄と、兄を抱き竦めている恋人を置いて、さっさと出かけてしまった。

ふたりきりになると、唐突に家の中が静かになった。

思いがけない展開になってしまい、歩はどうしていいのかわからず、混乱して熱い顔をうつむかせる。

ソファの隣に座っているレイモンは、歩と膝をつき合わせ、怖いくらい真剣な顔で問い質してきた。

「なあ、なぜ、私には女のほうがいいと思ったんだ？　私はそう誤解させるようなことを君に言ったり、そういった行動をしたことがあったか？」

歩はぐっと詰まった。

「だって、あなたは……お、男の恰好のときは、ぜったいに手を出してこないから、女性のほうがいいんだと思って……」

それを聞いて、一瞬、彼はぽかんとした。だがすぐに、我に返ったようで歩の両肩をぐっと掴む。

「歩、違う。それは……君の嗜好を気遣ってのことだろう」

「……………俺の、嗜好？」

意味がわからなくて、首を傾げて聞き返す。

説明を聞いて驚く。どうも彼は、歩のことを『女装でなければ、その気にならない』という特殊な嗜好を持っているものだと思い込んでいたようなのだ。

なぜそんな信じ難い誤解が、と愕然とした。

「君は、女物の服を着ているときは、私の手を拒むような素振りなど見せないのに、男の恰好のときは、少し触れただけでもすぐに身を強張らせるだろう。だから私は、君は女性の姿のときにしか、セックスを望んでいないのだとわかったんだ」

あまりに驚き過ぎて、歩は言葉の通り、開いた口が塞がらない。

レイモンは、苦渋の表情を浮かべて続ける。

「まあ、そのぶん、できるときになかなか手放せなくて、君に負担をかけていた自覚はあるのだが……でも、嫌がられているのに、男の恰好のときに手を出すよりはいいだろう？」

「あ、あの……違うんです、嫌がってなんか……っ」

必死に誤解を解こうとすると、逆にレイモンは歩を宥めるみたいに手を握ってきた。

「いいんだ、歩。気を使っているならやめてくれ」

気などまったく使っていないというのに、レイモンは真剣な顔で訴える。

「私は、君がそういった嗜好なら、それを尊重したい。君の意向を無視してまで、自分の欲望を押し通そうとは思っていない。少しも蔑む気持ちはないし、むしろ女装をしている君は美しいし……いまのままでも、私はじゅうぶんに満足なんだ」

とんでもない誤解に、眩暈がした。

「い、いえ、本当に、ちょっと待ってください。いろいろ、誤解なんです……！　お、俺は、女装じゃないと興奮しないとか、そこまでその、フェ、フェチじゃないですから。男のときは、緊張していただけで……嫌だなんて、一度も思ったこと、ありません」

男の恰好のときにも、彼を拒んだ覚えなどない。けれど、もしかしたら男同士ということで人目を気にしていた様子を、嫌がっているのだと誤解されたのかもしれない、と思う。

しかし、正直な気持ちを伝えても、レイモンはまだ納得していない様子だ。

「そうなのか……？　だが……女物の服を着ているときに触れると、君はすぐに頬を染めて、私の腕の中でぐったりするじゃないか。あれほど感じやすくなるのは、女装をしただけでも、気持ちが昂ぶっているからだろう？」

訝しげに尋ねられて、顔から火が出そうになる。

「それは、その、そうなんですけど……」

女装姿のまま彼に求められるのはかなり倒錯的で、女物の服が好きな歩にとって興奮を煽るシチュエーションだったのは確かだ。

――しかし、歩をもっとも発情させる要因は、〝女装をする〟ことではない。

「すぐに興奮してしまっていたのは、服装だけが原因じゃ、ないんです……それは、相手が、あなただからで……」

必死にそう言うと、歩は顔をうつむかせる。

「……そう、なのか……？　本当に？」

焼けるような熱い頬でこくりと頷く。

〝相手があなたなら、服装に関係なく発情する〟という、恐ろしく淫らな告白をした自分が恥ずかしくて、穴があったら潜り込んでもう出てきたくない。

それでも、まだ信じ難いというように、疑心暗鬼な声でレイモンは重ねて尋ねてくる。

「では……男の恰好をしているときにも、抱いて構わなかったということか？」

歩はもう一度おずおずと頷いた。

息を吐く気配がして、次の瞬間には彼の腕の中に抱き寄せられていた。

「——私たちの間にはいろいろ行き違いが多い。だが、一緒にひとつひとつ、解決していけばいい。まずは、ひとつめだ」

そう言うと、彼は驚いたことに歩のシャツに手をかけ、なぜか次々と服を脱がせ始めた。

「ん……、ん、あっ、あ、ぁ……、う……っ」

抵抗をやすやすとねじ伏せられ、歩はソファに突っ伏す体勢で、背後から伸しかかってくるレイモンに捕らえられていた。

驚いて拒もうとしたものの、腕力で敵うわけがない。

無表情の彼に「大人しくしていろ」と命じられ、シャツの前を開けられて、膝立ちにさせられた。嫌なわけではない。ただ、場所に大きな問題があるだけだ。

まさか、自宅で始められてしまうとは思わずにいた歩の抵抗は、本気のレイモンに容易く封じられた。

混乱する歩の下肢から衣類を脱がせながら、レイモンは聞いてきた。

「妹さんの交際相手の家はどこだ？」

「え？　えっと、ここから、電車で三十分くらいで……」

戸惑いながらも答えると、彼はにやりと不敵な感じで笑った。

「そうか、では場合によっては最中に帰って来ないとも限らないな。できるだけ急いで済ませよう」

「そ、そんな……！」

よりによって、自宅でこんな行為に及んでいるところを侑奈に見られたら、さんざんからかわれた挙句、今月分の家賃を全額負担させられそうだ。

しかし、ここじゃ嫌ですと歩が必死に懇願したのにもかかわらず、有無を言わせずにレイモンはことを進め始めた。

（今日は、妹と彼との顔合わせだったはずなのに……！）

誤解が解けたのはすごく嬉しい。彼が男の歩でも構わないと断言してくれたことも。

けれど、まったく予想外なことに、なぜかレイモンと、よりによって自宅でセックスをする羽目に陥り、歩は泣きたいような気持ちになった。

尻の孔を解すのに使われた潤滑剤は、彼がキッチンから持ってきたオリーブオイルだ。

レイモンにはいっさい迷いがなかった。目的を完遂するために、非常に事務的な手つきで性急に歩の蕾を濡らしていく。

指が三本入るまで慣らすと、レイモンは「挿れるぞ」とだけ言って、自らの前を寛げ、本当に歩の後孔に昂ぶったペニスを宛がってきた。

「ま、待って……っ！」

先端の膨らみを押し込んだあとは、半ば強引に一気に貫かれて、歩は息を呑む。

「だいたい……なぜ、男の恰好だと抱けないなどと誤解したんだ？　私は、君と一緒に風呂に入ることもあるし、躰だって顔だって洗ってやっているだろう。君の小さくて愛らしいペニスも、きゅっと締まった尻の孔だって余すところなく舐めて可愛がってやっていたはずだ。それでも、私が男のときの君を愛せないと思い込んでいたのか？」

腹立たしげに言いながらぬちゅぬちゅと執拗に突き上げられ、歩は敏感な粘膜に与えられ続ける刺激に身悶える。

「だ、だって……、ごめんなさ……う、ぅ……んっ」

「——許さないぞ、歩。男の恰好のときは抱いてはいけないと自分を戒《いまし》めて、私がどれほど欲望を我慢させられていたのかを思い知らせてやらねばな」

恐ろしい脅しに、ぞくぞくと肌が粟立つ。

「しかも……私が最初の恋人だとは知りもしなかった。君は言うべきことを言わな過ぎる。これからは、秘密はいっさい許さないぞ」

「そんな……っ！、あっ、あっ！」

理不尽な責め方をされたうえ、根元までいっぱいに押し込んだ楔で、中をぐりぐりと擦られる。反論まで封じられ、歩はただ甘く喘ぐしなかった。

しかも、もう秘密はないのか、としつこく問い質され、結局、社内の人間に女装がバレたことと、社長との関係に苦言を呈されたことまで白状させられてしまう。

「ああ、男同士が、とか、子供が、と言っていたのはそのせいか……。馬鹿馬鹿しい、同性婚を容認する風潮は世界中に広がってきているし、もし君が子供を望むなら、代理母に頼むことでふたりの子供が得られるだろう。さあ、君が私とともに生きるのに、まだなにか不都合なことがあるか？」

もうなにもないです、と言って頷くまで、レイモンは歩を許してはくれなかった。

いまの自分は、脱がされかけたシャツと、下肢には靴下だけという中途半端な姿だ。もちろん、化粧などいっさいしていない。完全な男の姿だというのに、レイモンは息を荒くして、怖いくらい硬く滾らせた性器で後孔を攻め立ててくる。

本当に、男の姿でも構わなかったのだ。

そう実感すると、湧いてきた歓喜で胸がいっぱいになり、こんな場所で行為に及ぼうとするレイモンの手をどうしても拒むことができなかった。

男同士では正式に結婚ができないことも、子供が作れないことにも変わりはない。

絶望が消えたわけではないはずなのに、レイモンが初めてこうして素のままの自分を求めてくれた喜びで、他のことがなにも考えられない。

彼を離したくない。レイモンにずっと愛されていたい。

そんな思いで頭がいっぱいになり、歩は逞しい彼の情熱にひたすら溺れた。

「あう、ぅ……う……んっ」

即物的に下半身だけ服を脱いだ状態で、獣みたいに背後から繋がっている。

キスは侑奈がいたときに一度されただけだし、上半身はシャツを着たままで、ペニスに至っては放っておかれたままだ。

それなのに、レイモンのガチガチに充血した逞しい性器を抽挿されているだけで、全身が燃えるように熱くてたまらない。うなじにかかる吐息や、背中に重なってきたときの胸板から伝わる激しい鼓動が、彼が男の姿の歩にも発情していることをはっきりと伝えていて、それだけでもたまらないほどの興奮を覚えた。

容赦もなく突き込まれるたびに、揺れる完勃ちした性器がぴたぴたと自分の下腹を叩き、溢れた先走りが腿の間まで伝ってしまう。

「……ずいぶんと気持ちが良さそうだな、歩」

耳元で嬉しげに囁いた彼が、歩の前に手を回してくる。

「ひ、ァっ！」

必死に堪えていたというのに、性器に触れるなり、いきなり根元からきつく扱き立てられた。牛の乳でも絞るみたいに、先端に向けて放出を強いる動きで、捩じりながら扱かれる。痛いのに気持ちが良くて、歩はぶるぶると腰を震わせた。

「あ、あぁ……、出、ちゃう……っ」

「いいぞ、私の手に出せ」

後ろを極太のモノで押し広げられているせいか、まったく我慢が効かない。

「あ、あああ――……っ」

少し扱かれただけで、栓を抜かれたみたいにぴゅくぴゅくと歩のペニスから蜜が零れた。

「あっ、まだ……っ」

吐精の途中、まだ身を硬くして快楽の最中にいる歩の後孔を、彼は硬く強張った雄でぐちゅぐちゅと猛々しく抉ってくる。いささかの容赦もない突き上げで、内部のもっとも感じるところを激しく刺激され、歩はあまりの衝撃に耐え切れず、半泣きになった。

にわかに彼が苦しげな息をして、後孔を押し広げるモノがいっそう硬さを帯びる。深く呑み込まされたまま、奥にどくどくと激しい勢いで注がれてくる。

「あ……、あ……っ」

頭の中が真っ白になる。感電したみたいに躰がびくびく跳ねる。

突如として、性器の根元から何かが溢れ出すような心許ない感覚がした。

「あ、あ……、や……な、なに……？」

身を捩じって見下ろすと、ソファの座面に上体を伏せている歩の昂ぶりから、膝をついたフローリングにぽたぽたと雫が滴っているのが目に入った。

「ああ、気持ちが良すぎて、漏らしてしまったのか……？　可愛いな、私の歩は……」

興奮を滲ませた声で囁かれて、かあぁ……っと頭が熱くなり、羞恥で死んでしまいそうになった。

恥ずかしさのあまり、歩はソファの座面に顔を隠すように突っ伏す。

歩の蕾に吐き出し切っても繋がったままで、彼は愛しげにうなじに何度もキスを落としてくる。そうされているうち、中のレイモンがふたたび盛り返してきた。

まさか、と驚いて、歩はおずおずと背後の彼を仰ぎ見る。レイモンは雄臭い笑みを浮かべて顔を近づけてきた。

「……これで、男のままでもなんの問題もないとわかってくれただろう？」

顎を取られて、深く唇を重ねられる。それから、ふたたび彼の欲望が尽きるまで、延々と歩は翻弄され尽くした。

＊

彼氏の家に行ったまま、侑奈が戻ってこなかったのは幸いだった。

抜かないままで何度も激しく愛され、レイモンが満足して解放してくれたときにはすでに夕方になっていて、歩はもう歩くのも覚束ないほどぐったりしていたからだ。

しかし、レイモンにはそのまま休ませてくれるつもりはないようだった。

「どうやら、まだちょっと、私たちには意思の疎通ができていないことがある。君に見てもらいたいものがあるんだ」

そう言う彼に後始末をされて着替えさせられ、部屋を片づけ終わると有無を言わせずに家から連れ出された。

すっかり日の落ちた街を、車に乗せられて連れて行かれたのは、建築途中の建物だった。

なにができるのか、鉄骨で骨組みが作られていて、敷地も広いし建物もかなり大きい。

レイモンは、車のトランクから大きな筒状の書類ケースと小さなランタンを取り出すと、明かりを灯して歩を敷地内へと促した。おそるおそるついて行くと、資材などが詰まれた一階の半ばで彼は足を止めた。

「ここは、いま建築中の新居だ」

——新居と言われても。ここは、彼が住んでいるタワーマンションが見える位置にある。

ものすごいご近所だ。

「あ、あの……引っ越すんですか？」

いまのマンションを出る理由がよくわからずに尋ねると、彼はムッとしたように顔を顰めた。

「君が『高いところが怖い』と言ったからだろう」

そういえば――滞在時間が増えてきたとき、部屋の居心地を聞かれて、高過ぎてちょっと怖いです、と歩は正直に答えた。

なにせレイモンの部屋は、三十二階建てマンションの最上階なのだ。

なにかあってもぜったいに梯子車は届かないし、万が一エレベーターが壊れて徒歩で上がるとしたら、体力に自信のない自分は部屋まで辿り着くことすらできない気がする。

なので『たまに来るには夜景が綺麗で楽しいけれど、少し高過ぎて、暮らすには怖いです』となにも考えず素直に答えたのだ。

「お、俺が言ったから……!?」

驚くべき事態に歩は仰天した。

まさか、何気ない自分の言葉を真に受けて、彼が新居を建ててしまうなんて。

「まあ、いまのマンションは便利だし、セキュリティは整っているが、庭もないし、家族と落ち着いて暮らすための家という感じではないからな。――これが、完成予定の家の図面だ」

持ってきた書類ケースから図面を取り出して、彼はその場で広げた。

「この家は四階建てになる予定だ。先々、自宅で仕事をする場合にも、ゆったりと生活できるような家にした」

レイモンが内訳を説明してくれた。

一階には業務の対応をするための事務室とプライベートジム（!・）、二階がリビングルームと客間、三階には広々とした寝室と、歩の部屋。それから、四階にはレイモンの仕事部屋と広いテラスがある。

（俺の……部屋……？）

「私は先々、アルタイルでの勤務はいまの半分程度に減らして、ドレサージュのプロデュースに専念したい。まだ骨組みの段階だから、内装も含めると急がせてもあと二、三か月程度はかかりそうだが、その後すぐに引っ越し作業を始めるから、予定しておいてくれ」

今後の予定を丁寧に説明されても、歩はぽかんとしたままだった。

なぜ自分の部屋があるのかわからないし、なんの予定をすればいいのか理解できない。

呆然としている歩を見て、レイモンは面白そうに口の端を上げた。

「君と出会ってから……私は怒ったり、慌てたり、いまだかつてない慌ただしく目まぐるしい感情に苛まれる日々を送っている。それはなぜかと考えると、どうやら奇想天外な君という人間に、強い興味と好意とを抱いているせいだ、と気づいた」

そこまで言うと笑みを消して、彼は真顔になる。

「驚くほど淫らなのかと思えば、初めてだったと知らされて仰天したり、ぼんやりしているように見えるのに仕事は抜群にできて、弱々しいのかと思ったら凛としていて……もう私はびっくり箱みたいな君に夢中だ」

「で、でも……俺は」

「まだ、なにか卑屈なことを言うつもりか？　では、正直に言おう。社内の防犯カメラは社長室からもチェックできるようになっているのだが、営業部企画課の一角に、新たに社長権限でカメラを設けさせた。——ちょうど、君の机が映る位置だ」

歩は目を瞬かせる。そう言えば、少し前に防犯上の云々で、カメラが増えたというのは聞いた気がする。なぜ、カメラで自分の机をチェックされるのかがわからなくて見つめると、レイモンはばつが悪そうに顔を顰めた。

「昼間、君がどうやって仕事をしているか見たかったんだ……君は本当に真面目で、必死になって企画を練ったり、電話に頭を下げたりしていた。コマネズミのようにくるくると一生懸命働いている姿は、いつまで見ていても飽きなかったよ。つまり私は、その夜に会えると知っていても、定期的に確認して見ずにはいられないほど君のことが気になるんだ」

信じ難い告白に、耳を疑った。忙しいレイモンが、まさかそんなことをするほど自分を気にかけていてくれたとは知らなかった。

自分のデスクにいるときは気が抜けているので、ずいぶんボンヤリした顔をしていたはずだ。他の人間にされたら気持ちが悪いはずだと思うが、大好きな彼が執着してくれるなら話は特別だ。嬉しさと驚きで、顔が真っ赤になるのを感じる。

「私は、心の底から君に恋をしている——これでも、私の気持ちを疑うのか？」

もう反論の言葉もなく、歩はぶるぶると首を横に振った。

それを見て、満足げにレイモンはスーツのポケットからなにかを取り出した。

「本当は、今日……妹さんの前で新居の予定とともに、説明しようと思っていたんだが」

そう言いながら、彼はなぜだか歩の前で、スッと片方の膝をついた。

こんなところで膝をついたりしたら、スーツが汚れるのではないだろうか。歩が戸惑っていると、しばらくその体勢で歩を見上げたあと、彼は口を開いた。

「どう考えても、他の誰も目に入らないとわかったので、覚悟が決まった」

手にした小さなケースを開けて、彼はこちらに向けてくる。

何気なく見た歩は、驚愕に息を呑んだ。そこには、目を瞠るほど大振りなダイヤの指輪があったからだ。

「——母方の祖母から譲り受けた指輪だ。代々、我が家の花嫁に贈るしきたりがある。君はこういったものをはめないとは思うが、かたちだけでも受け取ってほしい」

イミテーションならともかく、本物のダイヤなら、家が買えるような値段がしそうな代物だ。そして彼が差し出すくらいだから、ぜったいにこれは本物なのだろう。

恐ろしく高価そうだし、どう考えても歩の手に似合うものではない。ことの重大さに躊躇っていると、レイモンは歩の手をそっと取った。

「もうわかっていると思うが、私は無骨な男だ。仕事はそれなりに評価を得ているが、傲慢なところは自覚している。これまでの人生で、交際した相手に愛していると言ったことは、君以外には一度もない。だいたい、こんな気持ちになったのは、これが初めてなんだ」

自棄になったように言う彼の端正な顔を、ランタンの明かりだけが照らし出している。薄暗い中で、レイモンの切なく真剣な目に見つめられて、歩はまともに息ができなくなった。

「愛している……」

小声で告白されて、躰が電流に打たれたみたいにびくっとなる。次の瞬間、じわっと胸のあたりが熱くなった。レイモンの本気の告白はものすごい威力で、歩は立っているのが辛いくらいの衝撃を受けた。

彼は歩の手をしっかりと引き寄せ、左手の薬指に豪奢過ぎる指輪をはめさせた。

「だから、これを受け取って、この家に一緒に住み、私だけのものになってほしい」

分不相応な指輪のはまった手を取られて、眩暈がした。

サイズは合っているが、小振りでも男の手だ。さすがにまったく似合ってはいない。だが、はめてくれたレイモンの気持ちがただ嬉しくて、胸がいっぱいになる。もし、これをつけて会社に行けと言われても、全身が歓喜に溺れているいまなら、羞恥心が麻痺していて堂々とつけて行けそうだ。

「歩、返事は？」

「は、はいっ！」

不満げに要求されて、潤んだ目を擦りながら、歩はこくこくと頷く。

感動のあまりふらふらになった歩を、彼は立ち上がってしっかりと抱きかかえる。レイモンは愛しげに歩の涙を指で拭ったあと、誓いのように濃密な口付けをしてきた。

「ああ、そうだ。たまには女装もしてくれ。ドレサージュで君のための服を作らせるから、家で……私だけのために」

含みのある言い方で頼まれて、歩の胸の鼓動が跳ねた。

そういえば、ドレサージュという言葉には〝調教〟という意味もあったはずだ。

彼のためだけに女装をして、さらに躾をされるのなら、願ってもないことだ。

骨組みの間から覗く星空を見上げながら、愛する男に抱き締められ、うっとりとして歩は甘い息を吐いた。

＊　あとがき　＊

はじめまして&こんにちは、釘宮つかさと申します。この本をお手に取ってくださって本当にありがとうございます。

今回は、初めての女装もの！です。

女装リーマンのモエをちゃんと詰め込めたかどうかよくわからないのですが、本人的にはものすごく楽しんで書きました。

平凡そうなリーマンに実は秘密の趣味がある……というのはすごく自分的に惹かれるネタでして、これまでどうして女装ものを書かなかったんだろうと思うくらい鼻息荒く書き進められました。

書き終えたあとで、非常に後悔しているのが、タイトルに「サディスティック」って入れたのにもかかわらず、お尻叩きなシーンを入れなかったことです（反省）。

なぜ入れなかったんだろう？？と自分で自分を責めたい……（多分、前作にそういったシーンがあったので、なんとなく無意識に控えたのではないかと思うのですが）。

今回は、ちょっとSぐらいの感じまでしか出せなかったのですが、社長の本性はドSだと思うので、きっと今後、歩はなにかおいたをするたびに甘やかされつつスパンキングもされてしまうことは間違いないと思います。ブログででもそんな後日談なシーンをぜひ書きたいと思います。

ここからは、お礼を。

イラストを描いてくださった中田アキラ先生。表紙と本文のラフを拝見したところなのですが、女の恰好だったり男の恰好だったりする受けを美麗にかつ可愛く、攻めは冷ややかな美貌をすごく素敵に描いてくださって感激です。本当にありがとうございました！

担当様、いつも本当にありがとうございます！　自分では気づけなかった勘違いなどを細部まで丁寧に見てご指摘くださり、毎回どの本も、感謝の気持ちでいっぱいです。

それから、この本の出版に関わってくださったすべての方に、心からお礼申し上げます。

最後に、読んでくださった方、本当にありがとうございました。少しでも楽しんでもいただけたらいいな思います。

また次の本でもお会いできたら幸せです。

二〇一六年八月　釘宮つかさ

http://kugimiya0007.blog.fc2.com/

プリズム文庫をお買い上げいただきまして
ありがとうございました。
この本を読んでのご意見・ご感想を
お待ちしております!

【ファンレターのあて先】
〒153-0051 東京都目黒区上目黒1-18-6 NMビル
(株)オークラ出版 プリズム文庫編集部
『釘宮つかさ先生』『中田アキラ先生』係

プリズム文庫

溺愛サディスティック

2016年11月23日 初版発行

著　者　釘宮つかさ
発行人　長嶋うつぎ
発　行　株式会社オークラ出版
〒153-0051 東京都目黒区上目黒1-18-6 NMビル
営　業　TEL:03-3792-2411 FAX:03-3793-7048
編　集　TEL:03-3793-8012 FAX:03-5722-7626
郵便振替　00170-7-581612(加入者名:オークランド)
印　刷　図書印刷株式会社

Printed in Japan ISBN978-4-7755-2604-0